Jurandir Pinoti

Recorrentes sonhos com colibris

Contos e crônicas

São Paulo
2018

Editor: Fabio Humberg
Capa e Projeto gráfico: Alejandro Uribe
Revisão: Humberto Grenes

Dados Internacionais de Catalogação na Publicação (CIP)
(Câmara Brasileira do Livro, SP, Brasil)

Pinoti, Jurandir
   Recorrentes sonhos com colibris: contos e crônicas / Jurandir Pinoti. -- São Paulo : Editora CLA Cultural, 2018.

   ISBN 978-85-85454-86-9

   1. Contos Brasileiros   2. Crônicas brasileiras
I. Título

18-13747   CDD-869.3
                                                             CDD-869.8

Índices para catálogo sistemático:

1. Contos : Literatura brasileira 869.3
2. Crônicas : Literatura brasileira 869.8

Grafia atualizada segundo o Acordo Ortográfico da Língua Portuguesa de 1990, que entrou em vigor no Brasil em 1º de janeiro de 2009.

Editora CL-A Cultural Ltda.
Tel: (11) 3766-9015
e-mail: editoracla@editoracla.com.br / www.editoracla.com.br

ÍNDICE

Renascer 6

Ecce homo 8

Jeitinho brasileiro 12

Velhas camisas 16

Champanhe 20

Poluções noturnas 24

Balanço 28

Impudores 32

Convenções 36

Dor de barriguinha 40

Ave, santo 44

Amizades não se repetem 48

Fim de jogo 52

Teto espelhado 56

Candura infantil 60

Venenos 64

Paúra 68

Irresolutos 72

Estragos 76

O rugido do gato 80

Ardentias 84

Soltemos as amarras 88

Otras cositas más 92

Nas mãos da fortuna 96

Cabeçadas 100

Escape 104

Come-quieto 108

A ceva 112

Troca de pele 116

A revolta dos tigres 120

Credo em cruz 124

Libertador, o super-herói 128

Meia-sola 132

Há casos 136

Toco de vela 140

Sob nova direção 144

Memento mori 148

A copidesque 152

O *Bona* 156

Não me olhem assim 160

Alívio 164

O primeiro tapa 168

Liberdade 172

Bate-estacas 176

Criatividade 180

Transmissores de dor 184

As pernas da Lola Lola 188

Espólio 192

Menarca 196

Subliminar 200

Fora do *script* 204

O caminho de pedregulho 208

Degraus 213

RENASCER

Quando de um pulo acordei do primeiro sono
longe do velho travesseiro de penas,
estranhas estradas mostrou-me o amanhecer.
Novos caminhos. Não cheios de poeira e tédio
como as antigas veredas mil vezes trilhadas.
Na hora, desenhos poucos geométricos,
esboços de futuro inquieto,
apareceram no céu.
Nada de redondos,
nada de quadrados.
Grandiosamente multiformes os rabiscos se mostraram.
Num instante entendi seus acenos adornados
— misteriosos traços de róseas flores entreabertas de leve —
e daí em diante acostumei-me a sorver doces seivas,
de leite de tudo diferentes.

Ecce homo

As pontes que eventualmente surgissem, para ele nem precisariam ter sido construídas. Qualquer forma de buraco, fenda ou descontinuidade do terreno, ele vencia sem qualquer problema. Fique claro, porém, que outrora as pisadas dele faziam estragos no chão. Por causa disso, de tanto ver formigas e outros pequenos animais esmagados sob seus pés, e também em razão de recorrentes sonhos com beija-flores, ele decidiu não pisar mais — doravante só iria levitar. E assim, que sirva o trocadilho, ele anda fazendo até hoje.

Misto quente era seu prato predileto, embora ele gostasse de vez em quando de comer batatas fritas a cavalo, com muito ketchup e molho de pimenta. Nenhuma bebida alcoólica, só guaraná. E por mais que comesse e bebesse essas coisas calóricas, ele se mantinha magro como um palito e conseguia pairar com muita facilidade.

A namorada dele era poliglota. Mas, em decorrência de um trauma sexual sofrido aos dezesseis anos de idade, ela decidiu só falar latim. Ler e pensar, ela conseguia em todas as línguas que dominava, segundo suas próprias palavras, proferidas em russo um dia antes de optar pelo latim.

Ao ver o namorado suspenso no ar, repetia pausadamente *ecce homo*, expressão essa sem qualquer relação com Pilatos ou Nietzsche. Era mais uma sequela do trauma vivido, principalmente no dia em que foi reconhecer o padre estuprador na delegacia. Na ocasião, ela até sentiu pena do abjeto homem, ao vê-lo com o rosto ensanguentado e andando com as pernas abertas.

Após uma noite de pesadelos, para espairecer, o moço que levitava foi até as nuvens e lá do alto viu a poliglota chorando. Na descida, ao tocar com os pés a cabeça dela, eles se apaixonaram.

Um dia, o estranho rapaz levantou da cama e percebeu que havia piorado da cabeça. O médico receitou-lhe calmantes, antidepressivos, e energicamente aconselhou-o a gradear as janelas da casa. Sem essas precauções, disse-lhe o psiquiatra, ele poderia levitar demais e, como ainda não tinha boa prática, perder o controle; quem sabe pairar sobre a copa de uma árvore e assim tornar-se alvo de estilingadas infligidas por moleques de rua, esses malcriados, maconheiros e ladrões de celulares.

Numa ensolarada manhã, a moça e o cara, este uns dois metros acima da calçada, voltavam para casa. Desciam a Avenida Angélica da seguinte maneira: a mão direita dela lá no alto, com os dedos roçando a mão esquerda do namorado. Ao lado deles passavam homens, mulheres e crianças, que olhavam para o casal e não entendiam nada.

"*Ecce homo*!..." Diante desse grito, o moço virou de ponta-cabeça e deu um beijo na namorada. Os transeuntes se assustaram ainda mais. Um cão que se desgarrara do *dog walker* e subia a avenida em disparada, ao ver a inusitada cena, deu meia-volta ganindo feito um louco.

Depois dessa manhã, o casal deixou a quitinete da Rua Fortunato sem pagar os aluguéis atrasados. Alguns dias após o desaparecimento, o zelador do edifício, um homem pálido e antipático, que exalava cheiro azedo de cigarro e álcool, encontrou no freezer abandonado no pequeno apartamento duas pernas masculinas, peludas, serradas na altura do meio das coxas.

As proprietárias da quitinete, três irmãs idosas e viúvas, tiveram muita dificuldade para alugar o apartamento outra vez. Os interessados, quando tomavam conhecimento de quem havia morado lá, e principalmente dos membros humanos encontrados no local, desistiam da locação, a despeito do pequeno valor do aluguel sugerido pelas locadoras.

Não à toa, desde sempre ouvimos dizer que o tempo cura todos os males. A quitinete ficou muitos meses sem moradores. Mas, num sábado frio de junho, uma velha perua Kombi beginha trouxe a mudança da nova inquilina. A mulher, muito maquiada, de uns quarenta anos, desceu do veículo já chamando o porteiro de "meu querido".

Em uma semana, não mais que isso, a até então sombria quitinete ganhou nova vida. Mesmo com a porta fechada, do apartamento emanava gostoso perfume, em perfeita combinação com a alegre música que todas as noites embalava gargalhadas masculinas e gritinhos femininos.

O zelador, curioso como ele só, com a orelha grudada na porta do apê, certa noite ouviu um visitante contar à moradora ter visto estranha cena no Largo da Concórdia. Explicou que uma moça puxava um carrinho, dentro do qual havia um rapaz sem pernas. E não era só isso. Quando punham dinheiro no chapéu que o jovem segurava, a moça gritava *ecce homo* e o rapaz levitava uns quatro, cinco metros para cima; depois, lentamente, voltava para baixo.

Jeitinho brasileiro

O papel higiênico, por mais branco e absorvente que seja, pouco inspira desejos de usá-lo além da sua clássica e bem conhecida concepção. Existem alguns desvios dessa finalidade primordial, claro. Muitos usam o fofo papel como removedor de maquiagem, lencinho para assoar o nariz etc. Mas não é o caso de nos preocuparmos demais com esses desvirtuamentos. O importante é saber que, ao utilizarmos atipicamente o papel higiênico, nos tornamos violadores da natureza desse produto de fundamental necessidade.

O indisfarçável rolo pendurado nos banheiros de boa parte do mundo é feito de matéria-prima requintada: celulose, na maioria das vezes extraída de eucaliptos.

A despeito dessa nobre linhagem, o papel higiênico, coitado, uma vez cumprida a sua nauseabunda sina, nem para reciclagem se prestava. Usei "se prestava", o passado, porque no presente as coisas estão melhorando para o futuro do utilíssimo papel.

A moderna tecnologia, se por um lado enche o planeta de resíduos piores do que o cocô, do qual o papel higiênico cuida à sua moda, por outro encontrou um jeito de socorrer o papel servido. O lixinho do banheiro agora pode ter outro destino que não um aterro sanitário. Após estafantes pesquisas e estudos, uma iniciativa israelense propôs-se a livrar o papel usado do seu velho e malcheiroso paradeiro final. Pois é, a empresa israelense Applied Clean Tech desenvolveu uma técnica que recicla papel higiênico.

Que tal decorar sua casa com papel de parede ou usar guardanapos produzidos a partir da reciclagem do papel que usamos no banheiro? Se vocês estranham o fato de o, vamos dizer, material fecal poder ser reciclado, saibam que isso ocorre porque ele possui celulose em sua composição. Essa substância, vejam, também é encontrada nos vegetais da alimentação humana.

Segundo a empresa referida, 60% do lixo do banheiro podem ser transformados. O resíduo passa por vários processos químicos que eliminam o cheiro e o risco de contaminação. Além disso, outro aspecto importante é que a reciclagem economiza energia elétrica em comparação com outros meios de tratamento de lixo.

Mas, infelizmente, ainda há uma forte barreira a ser derrubada pela invenção: a resistência das pessoas em usar um produto possuidor de tão abjeta origem. Contudo, os criadores da tecnologia garantem que, resolvida esta questão, o planeta estará livre de grande volume de lixo orgânico.

E quem até aqui se admirou com a novidade, prepare-se porque logo, logo tecnologias mais impactantes surgirão. Depois de navegar oceanos estudando ventos, animais marinhos e algas, o cientista norte-americano Craig Venter divulgou estar apto a produzir em laboratório nada mais, nada menos, do que petróleo sintético. Só isso. E sabem qual é a matéria-prima apropriada para a fabricação do combustível? Segurem-se nas cadeiras, porque o cientista fará esse quase milagre a partir de... fezes humanas.

Ainda há mais: a urina poderia ser transformada numa gama de produtos que vai de sal de mesa a fertilizantes.

Ricaços americanos, em prol da ciência e, claro, sem pensar em lucros, resolveram ajudar. Há pouco tempo, deram um bom dinheirinho a algumas universidades para que estas inventassem um jeito de fazer do vaso sanitário uma engenhoca capaz de coletar a contento os dejetos humanos. Estes, devidamente trabalhados, sofreriam a transformação pretendida pelo dr. Craig.

O cientista americano sonhou alto. Sua ideia, além de aumentar a produção de petróleo, contribuirá para reduzir a falta de saneamento básico e o consumo de água hoje utilizada nas descargas das privadas atuais, que estariam com as horas contadas.

Erra feio quem nos vê muito atrás de Israel e dos Estados Unidos em termos de invenções. Quando alguém toca nesse assunto, o invento do avião é lembrado. Afinal, o brasileiro Santos Dumont inventou o aparelho, ou não?

Sobre a invenção da urna eletrônica não paira qualquer dúvida — a eficiente geringonça é brasileiríssima. Ela é capaz de nos mostrar, em poucas horas, quem serão as futuras brilhantes cabeças que irão nos governar.

Nossa invenção maior, porém, é o jeitinho. Este invento brasileiro nunca foi patenteado. Algo me diz que tal omissão decorre mais de vergonha e menos de esquecimento. Sim, porque exatamente ao contrário das transformações inventadas pela empresa israelense e pelo americano, faz parte da natureza do jeitinho brasileiro a possibilidade de transformar em merda o que, bem ou mal, esteja funcionando.

Velhas camisas

Caso o leitor não estude leves distúrbios psicológicos e nem de alguma forma tenha interesse por eles, aconselho-o a abandonar as linhas seguintes. Pare a leitura por aqui; não perca seu tempo com maluquices.

Na remota hipótese de o conselho ser desprezado, aguente firme, pois vou falar de uma das minhas idiossincrasias. Nada grave, acredito, apenas um jeito mais comedido de levar a vida.

Não me envergonho de dizer: tenho guardadas várias camisas de mangas compridas e dois bolsos. Esse fato, isolado, não teria nada de mais; muita gente possui camisas semelhantes. Mas um detalhe faz dessas peças um atestado do meu jeito amalucado de relacionar-me com as coisas que gosto. O pormenor é que essas camisas têm 30 anos de idade. É isso aí, três décadas de existência.

A razão de tê-las comprado é simples. As mangas compridas iriam ajudar a proteger-me do frio do janeiro e os bolsos duplos seriam valiosos para guardar o passaporte, os dólares e a agendinha com telefones (celular não existia nem em sonho, naquele tempo).

Já deu para notar que me preparava para viajar. E vestindo uma das velhas camisas pisei na Europa pela primeira vez. Minha mala não tinha rodinhas porque essa novidade ainda não havia chegado ao Brasil. Por isso, na falta de pesetas reservadas para táxi, carreguei-a no muque. Subi a Calle de Alcalá em direção à Puerta del Sol, prestando atenção ao tec-tec-tec feito pelas invejadas rodinhas das malas alheias nas calçadas de Madri.

Volto para a atualidade. Outro dia li matéria jornalística que me deixou pensativo. Marie Kondo, uma japonesa de 30 e poucos anos, apenas alguns mais velha do que minhas camisas, sugere a prática de ato doloroso para mim: jogar fora todas as coisas às quais já não temos apego por falta de uso. Que moça ousada. Ora, se guardamos velhas coisas, é porque temos apego a elas, quer as usemos, quer não, é evidente. Por isso, vou manter minhas camisas com o mesmo carinho de sempre.

De vez em quando, ao bater uma saudade das minhas viagens com as velhas camisas, procuro nos bolsos delas, talvez esquecido, um papelzinho que me faça recordar uma data, um país, uma cidade. Um recibo de hotel seria glorioso. Mas, que pena, nunca encontrei a lembrança buscada. Antes de escarafunchar os bolsos eu já pressentia que não iria encontrar nada. Mesmo assim, eu arriscava. Quem sabe o tintureiro deixara, no fundo de um bolso, uma pétala — agora já estorricada — de rosa vermelha. Sim, um dia fui ao teatro com um buquê e joguei-o no palco, onde a pianista executava noturnos de Chopin. Os encantos da música nem de longe se equiparavam à volúpia inspirada pelo decote do vestido turquesa da moça.

Que petulante essa dona Kondo. Já fui aconselhado a abandonar outras coisas, além do cigarro, e obedeci. Mas as minhas velhas camisas também? Não, de maneira nenhuma, não pretendo mesmo seguir as lições da Marie. Imagine, desfazer-me das minhas queridas camisas. Embora só eu sinta, elas estão impregnadas do cheiro das ruas, dos bares, vielas e becos madrilenhos; envoltas pela indescritível emoção da primeira vez.

Bem que eu podia ter deixado de ler a matéria da japonesa. Mas vamos supor que eu me despersonalize, mude de ideia e sucumba aos ensinamentos da moça. Para quem eu iria dar camisas velhas? Jogá-las no lixo, eu não conseguiria de jeito nenhum.

Além de tudo, não descarto a hipótese de alguém ter me fotografado na Europa quando eu vestia uma dessas camisas. Sem querer, uma turista oriental, vestida de preto, como as milhares que visitavam Madri naquela época, registrou-me em sua câmara sem *flash* ao lado de um quadro de Goya, no Museu do Prado. Muitos anos depois, a turista decide reunir a família e amigos para mostrar-lhes, de novo, agora no vídeo, as fotos da antiga viagem. Um menino com o olho puxado, mas com o olhar atento, talvez pergunte "Quem é esse narigudo intrometido ao lado da pintura?". "O quê, quem?", responderá a moça. E, meio confusa, a cada aperto da tecla, mais nítido o *zoom* do aparelho lhe mostrará o xadrez preto e vermelho da minha camisa de flanela, a mais bonita, com zíper dourado nos bolsos.

Essa hipotética reunião familiar mexeu com meus brios e decidi-me — não vou dar fim às velhas camisas e não se fala mais nesse assunto. Vou, isto sim, fechar os olhos para tudo que remeta à velhice: novas e revolucionárias terapias, dores reais e imaginárias, medos e angústias. Pretendo também me lembrar em que merda de lugar guardei minha coleção de gibis.

CHAMPANHE

"Jantar dos funcionários... Todo fim de ano essa mesma merda; o mesmo salão de festas, o mesmo cardápio, a mesmíssima merda de sempre", contrariado, assim pensava o chefe de uma repartição pública. Mas, como queria parecer simpático, com um sorriso fotografava seus subordinados, principalmente as mulheres. "Caralho... e ainda tem o discurso. Este ano não falo mais do que dois minutos e mando começar a merda do baile", tal desabafo também passava pela cabeça do chefe.

Já meio calibrado, ele dançava com sua mulher, mas não tirava os olhos da subchefe, aliás, da bunda dela. A subchefe, dona Edite, dançava com o marido barrigudo. A pança do homem era visível pela abertura que o descomunal e peludo ventre provocava na camisa listrada do balofo.

Sobre um praticável improvisado no fundo do salão, o cantor que animava a festa deixou a guitarra de lado e, em pé mesmo, começou a cantar acompanhando-se no piano: *Champagne per brindare un encontro con te che già eri di un altro...*

Mais calmo e com a cara cheia de uísque, seu Giovani, o chefe, vendo que o barrigudo roncava à mesa, com a cabeça quase enfiada no prato de salpicão de atum, tirou dona Edite para dançar.

Com os braços atrás da mulher, envolvendo-lhe a cintura, seu Giovani sussurrou a ela:

— Cantor legal. Conhece essa música, Edite? Ela mexe comigo pra caralho. Pô, desculpe o palavrão.

— Não foi nada. Noooossa, conheço muuuito *Champagne*. É do meu tempo.

— Você já foi pra Itália, pra Nápoles, Edite?

— Noooossa, quem sou eu? Mas tenho muuuita vontade de ir. Cê perguntou isso por quê?

— É que lá fica perto da ilha de Capri, terra do cantor de *Champagne*, Pepino di Capri. Mas eu li que ele nasceu mesmo em Nápoles.

— É. Ouvi dizer.

— Num museu de Nápoles está a Vênus Calipígia.

— Cali, o quê, Giovani?

— Pígia... Calipígia. Amanhã você procura no dicionário da repartição.

— Nooooossa, cê já viajou bastante, né, Giovani?

Se vuoi, te acompagno se vuoi, la scusa più banale. Os resvalos nos corpos intensificaram-se, virou uma esfregação. Edite não se importou muito ao sentir que Giovani a apertava. Mas, com um empurrãozinho, afastou um pouco o corpo do chefe. Afinal, parecia-lhe que todos os outros funcionários olhavam para eles. Isso não impediu que Giovani, maliciosamente, lembrasse antigo favor feito a ela.

— Que fase dura aquela, hein Edite? Caralho, mas você levou numa boa. Problema superado, bola pra frente.

— Se não fosse você, Giovani... Acho que ia dar processo administrativo. Você engavetou o caso. Nunca te agradeci direito. Eu precisava de dinheiro, cê sabe. Nooooossa, o cara me pressionava muito e ainda me ofereceu uma grana das boas. Eu menti pro meu marido que uma amiga me emprestou a quantia.

Per rimanere solo io e te. Champagne, per un dolce segreto, per noi un amore proibito.

— Que é isso, bobinha? A gente trabalha junto há tantos anos. Eu corri o risco. Se os grandões lá de cima descobrissem, nós dois íamos pro vinagre. Se fosse para outra pessoa eu ia deixar a bola rolar. Mas como era pra você...

Seu Giovani disse essas palavras e olhou bem direto nos olhos da subchefe. *Per me non contavano gli altri, seguivo con lo sguardo solo te.* A mulher sorriu e encostou o rosto no peito dele. Ambos já não se importavam com as outras pessoas.

A música terminou. Seu Giovani acompanhou a subchefe até a mesa e deixou-a sentada ao lado do gordo. *Cameriere, cham-*

pagne! O chefe pediu mais um uísque, abandonou a esposa na mesa e foi até uma das portas do salão segurando o copo. Lá, tirou o celular do bolso, hesitou um pouco e tomou coragem — ligou para Edite. A mulher identificou a chamada e quase num pulo levantou-se da mesa.

Champagne, per brindare un incontro. Antes de responder ao alô suavemente entoado por Edite, seu Giovani deu um suspiro profundo e, sem tirar os olhos do traseiro da mulher, pensou e quase disse em voz alta: "Madonna, é uma deusa calipígia".

Poluções noturnas

Uma das lembranças mais vivas, e gostosas, que guardo da pensão do Largo da Concórdia é a do cheiro de bifes acebolados, servidos nos almoços do dia a dia. A fritura exalava aroma alegre, bem apropriado a um velho casarão onde conviviam rapazes vindos de inúmeras cidades do país, principalmente do interior de São Paulo.

Aos sábados havia uma feijoada gorda, boa; nos domingos, macarronada; e todos os dias, para quem não ficava sem eles, os memoráveis bifes acebolados. Essa rotina só era quebrada uma vez por mês, quando um parente da proprietária da pensão aparecia por lá. O homem era, vamos dizer assim, no mínimo, bem alegrinho e tinha um jeito curioso de sentar-se com as pernas cruzadas e os dedos entrelaçados sobre o joelho direito.

A ocasião era de festa. Risos, piadinhas e, à noite, um jantar especial em homenagem ao simpático visitante: comida caipira, incluídos frango com quiabo, costeletas de porco fritas e rabada com polenta. O embaraço surgia na hora de dormir. No quarto da dona da pensão — ela própria admitia —, embora ela fosse viúva, não pegava bem meter-se um homem lá, mesmo sendo um parente. Então, como sempre acontecia, a mulher se lembrava do Augustinho, o crente. Ao contrário dos outros hóspedes, ele dormia num quarto individual, espaçoso. E assim, embora contra sua vontade, Augustinho passava uma noite por mês acompanhado do alegre visitante, cada um em sua cama, supunha-se.

Naquele começo de 1970, o Largo da Concórdia guardava ainda um quê de praça do interior. As cantinas e pizzarias italianas já começavam a minguar no velho Brás. Aos poucos, elas cediam espaço para botequins e pequenos restaurantes com nomes criativos, que serviam comidas e vendiam produtos típicos do Nordeste.

Das janelas da pensão eu via os edifícios altos do centro da cidade, inclusive o Andraus, que havia sofrido um incêndio. De vez em quando passava um avião. Acostumado a ver urubus no céu da terra de onde viera, eu sentia algo parecido com orgulho, só por estar lá, morando em frente a uma praça da capital. Vinha-me à cabeça o romance *Os Meninos da Rua Paulo*, de Ferenc Molnár. Quanta coisa eu teria para contar à turma e aos familiares. Já me enxergava de terno e gravata vivendo definitivamente em São Paulo.

O pôr do sol era o mesmo para todos os moços da pensão, claro. Mas, acostumado ao seu próprio modo de ver a noite chegar, cada um imaginava estar ainda diante dos ocasos que avermelhavam o horizonte da sua terra. Ingênuos, não imaginávamos que logo, logo chuvas e trovoadas ofuscariam para sempre os antigos poentes. Não tínhamos ideia também de que as noites paulistanas, pelo menos por alguns bons anos futuros, seriam muito mais calorosas comparadas às tímidas festinhas interioranas.

O medo ancestral da noite é sentimento humano desprovido de razão. Dentro do útero não há luz, mas, sim, um líquido morno e denso que nos protege até sermos, sem consulta prévia, obrigados a nascer por via natural ou cesariana, e ocasionalmente arrancados a fórceps.

As noites na pensão eram calmas. Mas em uma delas, dormindo no mesmo quarto com a visita mensal, Augustinho acordou após agitado sonho, no qual — depois ele explicou — diabinhos nus lhe ofereciam botões de rosas vermelhas. Vários hóspedes afirmaram, entre risos, ter ouvido o crente correr para o banheiro praguejando: "Malditos demônios, vazei na cueca outra vez".

Aos sábados, Augustinho não ia ao sambão do bairro, balada em moda na época. Ele preferia o Cine Fontana, na Avenida Celso Garcia.

Um dia, ele decidiu deixar a pensão. Havia resolvido ir embora porque fora alvo de caçoadas por ter vazado mais uma vez

POLUÇÕES NOTURNAS

na cueca. Pegou sua mala e, resoluto, disse que alugara uma quitinete mobiliada no centro da cidade.

Passados alguns anos encontrei-o no aeroporto. Feliz, ele me disse que sua vida mudara após deixar o Brás. Ele nunca havia caído em tentação. Mas, certa noite, saiu para jantar e na rua uma garota de microssaia e meia arrastão sorriu para ele. A moça convidou-o para um drinque e levou-o para o apartamento dela. Dessa noite em diante, quando já estava meio bêbado, pensava na organista da igreja que ele não frequentava mais. A lembrança da mulher, com a bunda esparramada no banquinho do órgão, obrigava-o a pedir mais uma dose aos garçons dos puteiros, onde passou a ir diariamente.

Ele se despediu com um sorriso e uma piscadela, esclarecendo que estava indo para Las Vegas. "Vício porreta!", ele disse ao abraçar a garota de vinte anos que voltava do *free shop*.

BALANÇO

Na falta de um quintal com árvores onde pudesse escolher uma sombra para deitar-me de costas e pensar na vida, não reclamo nem um pouco quando, como agora, coço a barriga e bebo cerveja com tira-gosto na varanda do meu apartamento.

Logo após os primeiros goles, lembro-me de certa criancice mantida nos desvãos da cabeça e que ocasionalmente aflora e me ajuda a aguentar os trancos da vida adulta. Refiro-me à mania de arrancar uvas dos cachos à venda nas feiras e disfarçadamente mandá-las para o bucho. Vejam a profundidade da minha filosofia caseira.

Estou certo de que há melhores exemplos de pecadilhos infantis guardados nas profundezas da memória. Mas me lembrei desse porque ainda hoje me senti gratificado ao filar uns bagos de uva da quitanda de um japonês mal-encarado.

Com o quê a vida não se cansa de nos presentear são emoções tortas. O desabafo encerra truísmo que dispensa explicação. Mas, para ilustrar, dentre esses desarranjos mentais um existe que reparamos nas outras pessoas e não o enxergamos em nós mesmos: levar vantagem em tudo, a famosa Lei de Gérson. Ora, ora, a situação econômica do país está feia, mas — não sabemos até quando — felizmente ainda nos sobram uns trocados para comprar uvas. Aquelas saboreadas sem pagar, porém, são mais gostosas. Elas têm gosto de infância, época em que afanar bagos de uva não é pecado porque crianças não sabem o que é essa praga emocional. Adultos, coitados de nós, surrupiar frutas é uma traição do inconsciente. Essa perfídia satisfaz nosso ancestral desejo de passar a perna nos outros sem cometer ilegalidades.

No finalzinho da segunda cerveja (das grandes) começo a me lembrar da adolescência — a cabeça cheia de vontades, desejos e vagos planos. Alguns não passam de devaneios; outros se revestem de exequibilidade duvidosa, como conquistar a coleguinha da escola; e do resto, três ou quatro podem dar certo se tivermos sorte na vida.

Nessa idade somos potencialmente indestrutíveis. Abrimos as janelas e o horizonte nos parece pequeno. Queremos mais, sempre mais. Mal sabemos que em pouco tempo teremos, sim, muito mais dissabores, mais falta de cabelos, mais apertos financeiros e, com a ajudinha de uma ou mais mulheres, mais filhos para criar e — ufa! — mais pensões alimentícias para pagar.

Antes de prosseguir, debruço-me num canto da sacada para ver se descubro de qual apartamento vem o latido esganiçado de um cachorro. Há horas o bicho me incomoda e, como já sou superficialmente velho e não tenho nada a perder, se conseguir identificar de onde vem o barulho gritarei uns impropérios para o malcriado vizinho que não soube educar o animal.

Não consegui descobrir a fonte do barulho. Não faz mal, abro a terceira garrafa e o latido do cachorro já não me incomoda. Agora meu pensamento gira em torno de uma época um poucochinho (esta palavra nem eu esperava) mais amarga: o fim do frescor da juventude.

À altura das divagações a que estou chegando, levado pelas mãos suaves das geladas, se tivesse um celular, mantê-lo-ia (como Temer diria) à distância, de preferência trancado em uma gaveta. Os estragos que o telefone e a internet fazem — nessas horas de altas digressões filosóficas — muitas vezes são difíceis de consertar no futuro.

De volta da milésima ida ao banheiro, aliviado, cantarolando antiga marchinha de carnaval, continuo a pensar nas etapas da vida. Ao lembrar-me do inexorável fim da juventude, a pequena porção de sobriedade que ainda me restava aconselhou-me a esconder o maço de cigarros. Obedeci à razão; resta saber se amanhã vou descobrir em que lugar deixei o gostoso veneno.

Ah, como seria bom dar uma banana para o excesso de convenções que a vida nos impõe. Idade, o que é idade? A sucessão de anos que começa no dia do nascimento? Não, isso só serve para apontar quando vamos ser mandados para a escola; quando ficamos sujeitos ao serviço militar obrigatório; quando podemos ser enjaulados numa cadeia, dentre outras obrigações no mínimo desagradáveis. Mas existe uma boa exceção: com dezoito anos é possível sentar em uma das prainhas da Avenida Paulista e pedir uma cerveja.

Para não fugir do assunto, e com a quarta garrafa já aberta, lembro que ainda não senti os estertores da juventude, embora fique cada vez mais complicado coordenar o horário dos remédios. Mas ergo um brinde ao fato de nunca ter esquecido onde guardo minha bengala. Sem ela, como poderia ir ao bar todos os dias, ainda que seja só para uma vergonhosa tônica com limão?

IMPUDORES

Antes de receber o primeiro soco seu Gregório assustou-se com o grito furioso do bebum:

– Sujo, isso não se *fais*. É pecado!

Caído de costas na calçada, seu Gregório, pressentindo a morte, em alguns segundos lembrou-se um pouco da sua vida.

Um dos seus passatempos era espiar com binóculos, por uma fresta da veneziana do quarto, o movimento na sala de um apartamento do prédio em frente ao seu. Nessas ocasiões, quieto, ele respirava fundo e pensava no passado. Em 1965, quando servia o exército, era um jovem alto, bonito. Na época ele ouviu rumores de que poderia ser mandado para o Vietnã. Ou teria imaginado isso? As duas hipóteses são prováveis, porque a forte corrente anti-imperialista apregoava que os Estados Unidos queriam receber soldados estrangeiros para ajudá-los na guerra.

O certo é que ele nunca ficou sabendo se o ditador do momento, sucumbindo aos americanos, de fato mandara jovens recrutas brasileiros para a Ásia. O importante, porém, é que, sem qualquer medo e até aliviado, assumiu os riscos da deserção e fugiu para o mato, no estado do Pará.

Muitos anos depois, ele voltou a São Paulo cheio de tiques nervosos e com muitas pepitas de ouro nos bolsos. Para conseguilas, havia matado muitos índios garimpeiros. "Uma porrada daqueles filhos das putas eu derrubei", como ele gostava de dizer a si mesmo.

O homem alugou um apartamento confortável e já mobiliado num prédio da Rua Abolição, no Bexiga, cujos porteiros usavam como uniforme de trabalho um ridículo terno azul marinho, que realçava as caspas sobre os ombros do paletó.

Seu Gregório bebia e fumava muito, e tinha lá suas esquisitices. Uma delas era a paixão por folhinhas. Tão logo entrou no apartamento, pendurou na parede da sala um enorme calendário de papel, desses que mostram todos os dias do ano em uma única folha. E lá estava, na frente do novo inquilino, o ano inteiro de 1977. Doze anos tinham se passado desde que ele desertara.

Quando o dinheiro estava acabando, seu Gregório ia à Rua Barão de Paranapiacaba e vendia uma das suas pedrinhas de ouro. De novo em casa, ele passava o tempo ora olhando de binóculos pela janela, ora rabiscando no grande calendário os dias já transcorridos e outras anotações. Aos sábados, ele ia às boates da Rua Major Sertório. Numa dessas noites, bêbado, ele dançou primeiro com uma negra alta e depois com um travesti. Mais tarde, quando o puteiro já estava quase vazio, ele dançou com a cafetina, uma mulher feia, loira enrugada, de mais ou menos 40 anos de idade.

Estava quase amanhecendo quando o táxi os deixou em frente ao prédio da Rua Abolição, para onde a cafetina se mudou, e passaram a viver juntos. Ela, toda noite ia para a boate; ele, de segunda a sexta ficava em casa entretido com o binóculos e seu calendário. De vez em quando ele se lembrava das picadas de mosquitos, das doenças que pegara enquanto esteve na floresta, no meio de igarapés misteriosos.

A prostituta, numa manhã chuvosa, acordou vomitando. As suspeitas foram confirmadas — ela estava grávida. Nasceu Erotides, uma menina loira e bonita. Seu Gregório gostava da criança, embora explicável dúvida o atormentasse: "Será que a garota é mesmo filha minha"?

Depois que a mãe se matou, engolindo a caixa inteira de calmante, seu Gregório e Erotides ficaram sozinhos no apartamento. Numa noite de sexta-feira, na sala, Erotides com dezesseis anos, de sainha e curta e sem nada por baixo, cruzava e descruzava as pernas. Seu Gregório, em frente dela, calculou: "Deve ser a milésima vez que ela faz isso". E o homem não se conteve.

Despreocupado, e até feliz, no dia seguinte seu Gregório contou sua vida a um bêbado, inclusive o que havia acontecido na noite anterior entre ele e Erotides. O bebum ouviu-o em silêncio, franziu a testa e depois foi ao banheiro.

Ao retornar, o bêbado enfurecido partiu para cima do seu Gregório:

– Desgraçado, canalha, ela é sua filha! Cê já viu piranha ficar grávida de freguês? — ele gritou.

Os clientes do boteco, alheios ao drama, ficaram comovidos quando a própria Erotides, chorando, levantou seu Gregório do chão e perguntou-lhe:

– Greg, por que bateram em você?

– Não sei, Tide. Não entendi. Eu só falei de nós dois.

– Vamos pra casa, vamos. Vou limpar esse sangue.

CONVENÇÕES

Discursos acalorados, bons e maus acordos, mudanças de entendimento, dentre outros ajustes, são ínsitos à existência de convenções. Por isso mesmo, salvo raras hipóteses, toda convenção é composta por apoiadores entusiastas e por uma parte de meros concordantes não muito convictos, que apenas assinam a papelada, lavam as mãos e voltam para casa no dia seguinte ao jantar de despedida.

A afirmação é válida tanto para as grandes convenções internacionais como para uma singela convenção de condomínio de edifícios. Porém, há sutil diferença entre os dois tipos: os acordos condominiais são aceitos depois de muitos gritos e, algumas vezes, pancadarias; os graves e sérios acordos internacionais nascem após alguns pacíficos encontros, regados a finas comidas e bebidas, de preferência em cidades com histórico de paz (tusso) como Nova Iorque, Paris, Roma, Varsóvia, Viena etc.

Deixo o assunto um pouco de lado, porque acabo de me lembrar de ter lido artigo de revista a respeito de curiosa experiência sensorial: a temperatura das cores. Mais à frente tentarei relacioná-la às convenções. O cientista e psicólogo alemão Wilhelm Wundt, um dos fundadores da psicologia experimental, classificou as cores segundo a impressão de temperatura que elas produzem no ser humano. Para o estudioso, os tons de azul e verde são frios e calmantes e os de vermelho, ao contrário, excitam e são quentes. Após passar dias inteiros ouvindo o delírio dos loucos, o alemão, à noite, depois de uns canecos de cerveja, disciplinava as ditas sensações cromáticas.

Bem, mas o que os estudos do alemão têm a ver com convenções? Muito, porque tomando como exemplo o resultado das pesquisas do psicólogo, aceitamos certas verdades, como a sensação térmica causada pelas cores, sem necessidade de acordos e tratados impostos na marra. O frio e o calor sugeridos pelas cores são naturais e não criados por pessoas; existem sem prévios xingamentos, pancadarias ou encontros internacionais.

Mas, para azar ou sorte da humanidade, os acordos, tratados, usos e costumes, e até técnicas de venda, nos escravizam ou nos ajudam, muitas vezes sem que nos apercebamos desse fato. Vejamos o exemplo da maternidade. Agora que a tecnologia permite conhecer o sexo do bebê antes de ele nascer, a decoração do quartinho da criança é definida com muita antecedência: azul para os meninos e cor-de-rosa para as meninas. E ai de quem não seguir essa imposição; no mínimo será veladamente acusado de não se conformar com o sexo do filho ou da filha.

Na verdade, essa bobagem surgiu no início do século passado e de forma invertida àquela hoje adotada. De acordo com o *site* Gender Specific Colors, o vermelho servia para os meninos e o azul para as meninas. Naquele tempo, o vermelho era associado à força, à dramaticidade e à galhardia atribuídas a essa cor e, por isso, diante do machismo existente naquela época e que hoje se encontra erradicado (tusso novamente), seu uso era mais adequado para os meninos.

Afirma-se no *site* que um jornal americano, em 1914, deu o seguinte conselho às mães: "Se você gosta de adotar cores para as roupas das crianças, use rosa para o menino e azul para a menina". Outra publicação alguns anos depois, em 1918, trouxe esta pérola: "Tem havido grande diversidade de opiniões sobre o assunto; mas a regra geralmente aceita é usar rosa para o menino e azul para a menina. O rosa é cor mais forte, seu uso denota pessoas decididas e corajosas. Desse modo, ela é mais apropriada aos meninos. O azul, mais delicado e gracioso, é indicado para as meninas".

Mas a coisa começou mesmo a ganhar outra coloração após a Segunda Guerra Mundial, graças à publicidade feita por comerciantes. A historiadora Jo B. Paoletti, no livro *Pink and Blue: Telling the Boys from the Girls in America*, afirma que as meninas cresciam usando roupas de cores neutras. No entanto, não se sabe ao certo por que razão, quando elas se tornavam mães preferiam que suas filhas se deleitassem com os tons de vermelho. Os comerciantes, por mera questão de marketing, forçaram a barra, inventaram um costume e fizeram essa escolha parecer natural.

De volta ao alemão, e agora aplicando seu estudo das cores ao uso que hoje delas fazemos desde o nascimento, temos o seguinte: as vestes azuis farão dos meninos futuros homens de temperamento frio; meninas, de cor-de-rosa, serão mulheres de personalidade quente. Sorte nossa, pois como regra é isso mesmo que acontece. Mas, cá entre nós, devemos essa bênção à natureza, porque a cor das vestes em nada nos torna mais quentes ou frios.

DOR DE BARRIGUINHA

Faz tempo que restaurantes e bares, meus atrativos noturnos prediletos, vêm sendo invadidos por um público, bonito, saudável, alegre, porém malcriado.

Os componentes desse grupo gostam de gritar, correr entre as mesas e puxar toalhas. Algumas vezes eles se jogam no chão, começam a espernear e choram em soluços. Fazem birra e obrigam os garçons a mudar o canal da TV para outro programa ao qual nem eles, os atrevidos autoritários, assistem depois. E quando eles nos encaram e chegam quase a dizer "vá se danar"? Nessas horas, bem lá do fundo, surge uma baita vontade de aplicar-lhes uma bela e corretiva bifa.

Já deu para notar que estou falando de crianças mal-educadas. Sinto muita pena ao pensar no futuro delas. Mimadas excessivamente, pentelhas, livres dos freios que os pais nunca lhes puseram, elas se comportam como monstrinhos arrogantes e egoístas.

É burlesco, para não dizer ridículo, o diálogo que se ouve nos bares e restaurantes entre pais e filhos: "Come o bifinho, come, tá molinho". "Não como; não como, mãe. Sua chata".

E o pai ensinando um menino de três, quatro anos a agir como um adulto? "Júnior, peça a conta pro moço!". Um pouco depois, volta o filhão gritando: "Pai, eu paguei a conta e disse obrigado pro garçom". Nessas horas lembro-me do pai de Brás Cubas (capítulo XII), orgulhoso, dizendo a este, que no dia anterior fizera uma molecagem, "Ah! Brejeiro! Ah! Brejeiro!".

Quando chegam em casa, depois de terem incomodado todo mundo no bar ou restaurante, a conversa é algo parecido com isto: "Tá com tossinha, dor de barriguinha, escovou os dentinhos? Amanhã a mamãe leva você no shopping pra você comer um monte de hambúrguer, viu?".

Passa o tempo e esses folgadinhos crescem, pelo menos em tamanho; e a cada dia enchem mais a paciência dos outros. Adultos, continuam na dependência financeira da pensão que a mãe recebe pela morte do marido. É estranho, e não sei por que motivo, na maioria das famílias onde vive uma dessas sanguessugas o pai deixa este mundo antes da mãe. Vai saber se, ao contrário da mãe, mais forte emocionalmente, o pai não conseguiu suportar o remorso de ter criado um filho ou uma filha inútil, parasita.

Esses filhos *bons-vivants* só pensam em curtir a vida. Com o tempo transformam-se em *vitelloni*, iguais àquelas personagens do homônimo filme de Fellini. Em italiano, *vitellone* (no singular) é o nome que se dá ao bezerro já crescido, pronto para o abate. Mas como esse bezerrão insiste em ficar sugando as tetas das vacas-mães, a palavra *vitellone*, em sentido figurado, também significa preguiçoso, vadio. Fellini, com maestria, mostrou sua genialidade usando o sentido pejorativo do termo para designar jovens irresponsáveis, que só pensam em se divertir à custa dos pais.

Aqui em São Paulo, nesses bairros arborizados, próximos ao centro da cidade, outrora chiques e hoje decadentes, barulhentos e repletos de ladrõezinhos de celulares perambulando pelas ruas, vivem muitos filhinhos e filhinhas de papai com quarenta anos ou mais nas costas, mas que nunca pensaram em sair de casa para trabalhar.

Alguns são abobalhados, barrigudos, com aspecto doentio. Andam com os olhos fixos em nada e com o lábio inferior mais caído do que o normal. É comum uma substância branca, repelente, uma gosminha, habitar os cantinhos da boca desses infelizes.

Houve um tempo — e isso não está tão longe assim — em que existiam basicamente três classes socioeconômicas de famílias: os ricos, os remediados e os pobres. O surgimento dos "pobres de dar dó", daqueles que vivem na extrema miséria, é fato social mais recente nas cidades contemporâneas.

Outrora, os filhos dos ricos, e em menor escala os dos remediados, estudavam e alguns viravam doutores. Os filhos dos pobres eram alfabetizados e logo postos no trabalho para ajudar a família a viver.

Hoje em dia, perversos contrastes de classes sociais nos fazem ver detalhes intrigantes na sociedade: os vagabundos *vitelloni* crescem, como regra, nas famílias ricas. Aos filhos dos pobres são destinados os empregos de baixa renda. Mas nem esta última sina é garantida aos filhos dos extremamente pobres, aos de tudo excluídos. Estes, quando têm sorte de escapar dos tiros, das drogas e da cadeia, tornam-se a massa de subempregados, os que mais se assustam quando veem na TV políticos e empresários envolvidos em escândalos de propina e outras maracutaias.

AVE, SANTO

Antes de tudo, convém falar sobre as noites em que ele não dorme lembrando-se do som produzido pelos toques da ponta dos seus dedos indicador e médio contra o peito do defunto. O morto era seu amigo. E isso aconteceu há muito tempo, quando não havia partido ainda tanta gente chegada a ele. Hoje, os dedos das suas mãos são poucos pra contar outros mortos de quem ele gostava e lhe eram próximos.

Outras lembranças veem-lhe à cabeça. Em uma noite, no circo que chegara à cidade, o palhaço, apesar das conhecidas brincadeiras, não atuava com espontaneidade. O cômico nunca fizera nada de errado na vida, a não ser "roubar um pato de uma fazenda de ricaços", como ele dizia para alegrar a plateia, acrescentando, entre piruetas e simulações de puns, que não sentia remorso. Mas naquela noite ele estava preocupado com o homem de preto, o astro do Globo da Morte. As vaias e aplausos que o palhaço recebeu se transformaram em silêncio nervoso com a chegada do homem de roupa preta — a atração maior do circo.

Culpa mesmo o palhaço sentiu foi por não ter impedido o astro, bêbado que só vendo, de rodar com a moto naquela noite. Alguns dias depois o circo foi embora sem seu artista principal. Um vereador da cidade conseguiu uma vaga no cemitério, de onde, dizem, o corpo do astro foi roubado por um fã.

Houve também uma tarde em que ele viu um jacaré, enrolado numa rede, cair de um caminhão. As pálpebras desse animal escondem seus olhos estranhos, ele começou a pensar; mas não duvidou que no momento traumático da queda os olhos do bicho estivessem bem abertos.

Os jacarés sabem: suas pálpebras nem de longe são o que os caçadores desejam. Para esses répteis, a bocarra, o rabo e as costas duras são suas armas de defesa, porque o couro bonito da barriga, bom para fazer bolsas e sapatos, não lhes garante a integridade da carne branca e saborosa que eles têm. Os igarapés são a cama líquida onde eles fazem amor de um jeito pouco conhecido. Listrados de várias cores, os peixes sem fazer qualquer ruído espiam de baixo pra cima o amor estranho dos jacarés. Os peixes até evitam dar rabeadas mais contundentes para não assustar esses amantes.

E isso não era nada para aqueles moleques que viviam na estrada, onde agora há muitos hotéis. Naquele tempo, do qual não sabe se gosta ou não de lembrar, ele conhecia pessoas tão baixas que, embora fingissem não ser, eram execráveis e, por esse motivo, evitadas a todo custo.

Das rosas — não ousem dizer que ele mentia quando falava delas —, ele tentava decifrar o encadeamento das pétalas e mostrava para a mãe. A mulher nunca soube lhe explicar por que a ele parecia haver curvas negras entre as pétalas vermelhas — aquele efeito de luz e sombra, mais tarde estudado nas aulas de desenho e pintura, frequentadas depois das lições de piano clássico.

A mãe do rapaz não dava bola para nada, a não ser ao feijão com arroz e mistura, como bifes de fígado e berinjela assada, que a *nonna, Dio mio*, com um sorriso triste chamava de *melanzana*.

E foi pensando nesses triviais assuntos, que ele pediu licença a si mesmo e foi ao banheiro. Lá, o barulho da descarga inspirou-o a pensar: "Espere um pouco, triviais assuntos?". Triviais são as amarras do meu sapatênis. Reacionários romanos podem até achar que a morte de Pasolini tenha sido trivial, mas não foi não. Quando o encontraram com os colhões triturados e o resto do corpo quase esmagado não havia nada de trivial naquilo.

Maluquices outras costumam assombrar o iluminado. Onde já se viu preocupar-se em saber se o sorriso dos cães significa cumprimento ou desaforo? Os cães gostam de afago e demonstram isso sem pudor. Com os bichos, há que se ter cuidado com os carinhos. "Quando também um homem se deitar com um animal, certamente morrerá; e matareis o animal". Está no Velho Testamento, Levítico 20:15, ele pensa, por certo em mais um delírio.

Lugar ruim pra se morar aquele onde as histórias bíblicas aconteceram. Tudo é ocre por lá. Não se veem flores. É só tijolo, pedra, sal e ódio. Chamemos os pintores para dar um jeito naquilo. Vamos colorir essa, com perdão, mentira sem cores. Xô, poeiras, gafanhotos e pragas outras.

A bênção não vem do céu. Quem quiser ser abençoado deve olhar para o chão. Nada neste mundo guarda mais mistérios do que o chão. O chão metafórico; aquele que pisamos sem olhar. Por causa do chão temos até compreensível medo de voar, mesmo no assento da janelinha, de onde se vê e se sente com clareza a discórdia que reina lá embaixo, perto das casas à beira dos rios, cada dia mais turvos e secos.

Amizades não se repetem

Na infância e na adolescência, pelo que me recordo, a garotada se contentava com coisas simples. Nossos desejos eram factíveis. Alguns, conseguíamos realizar sem muito esforço, outros, nem tanto assim.

Dentre os primeiros estavam, por exemplo, ganhar bons presentes no aniversário, no Natal, ter dinheiro para ir à matinê aos domingos, esses mimos corriqueiros. Na categoria dos difíceis incluíam-se acontecimentos que no futuro se tornariam memoráveis, como conhecer o mar, possuir um trenzinho elétrico, viajar de avião etc. Roubar um beijo da lourinha de rabo de cavalo, então, além de ser uma vontade ousada, poderia trazer consequências literalmente doloridas.

Ter amigos era fato natural, tanto que não nos preocupávamos com isso. Tornávamo-nos amigos uns dos outros e pronto. Não havia compulsão para "fazer amizade". O significado desse lugar-comum leva ao falso entendimento de que podemos fabricar, construir vínculos sociais. As amizades não eram feitas, elas aconteciam. Isso valia inclusive para as garotas e garotos a quem tratávamos com indiferença. Não se faziam amizades e indiferenças; elas simplesmente surgiam sem que soubéssemos bem por quê.

Da mesma forma como as amizades e indiferenças aconteciam, elas também desapareciam sem explicação conhecida. Nessas espontâneas relações sociais havia um estado de inocente desprendimento, que em hipótese alguma poderia ser chamado de promíscuo: não era incomum o mesmo garoto, amigo da semana anterior, tornar-se o indiferente da semana seguinte e vice-versa. Não havia qualquer constrangimento nesse estranho fato.

Na vida adulta, como percebi depois, amizades, indiferenças e até inimizades também apenas acontecem, dificilmente são fabricadas. Mas, crescidos, em vez de ganharmos mais juízo, costumamos perder o pouco que temos. Por isso, em razão de interesses — estranhos uns, risíveis outros e mesquinhos todos —, contrariando as leis do relacionamento social sadio, algumas amizades e inimizades são feitas, sim, com a mais despudorada das más intenções. Essas relações eventualmente geram disputas, sentimento esse que não nos incomoda enquanto somos crianças e adolescentes. Depois de adultos, porém, quantas decepções ele traz.

Com essas lembranças e questões, de um jeito ou de outro levamos a vida. Inúmeros beijos foram roubados e tantos outros ganhos, a vista do mar já não nos emociona como antigamente, viajar de avião na classe econômica tornou-se um apertado martírio e trenzinhos elétricos é provável que nem mais estejam sendo fabricados.

É difícil discorrer sobre sentimentos. Quem se propõe a enfrentar a tarefa fatalmente esbarrará na sensação de que não deixaram mais nada para ser dito sobre a matéria. Amizade é tema profundo. Ele está perto, quase ao lado, de outro eterno e universal assunto: maternidade. A grandeza desses relacionamentos sempre nutriu a criatividade de filósofos, músicos e artistas em geral. A afirmação é tão óbvia que seria desnecessário mencionar exemplos de clássicas obras de arte inspiradas nesses temas. Apenas para ilustrar, menciono a Pietà, de Michelangelo, e a *Canção da América*, de Milton Nascimento e Fernando Brant.

Conselhos recebemos quase todos os dias. A poucos damos valor. Mas pelo menos a um muito conhecido e repetido deveríamos obedecer: "Não se escravize pelo tic-tac do relógio; mas dê a ele a importância merecida". E o que fazemos ao ouvir esse barulhinho? Nada. Ignoramos o ruído ladrão que jamais se cansa de nos marcar um segundo a menos de vida. Um belo dia, porém, algo nos chama à realidade. Assustados, corremos os dedos em rugas até então não notadas. Olhamos ao redor e quantos amigos vemos? Bom seria se víssemos muitos. Mas infelizmente a vida não é assim, são poucos os amigos que nos acompanham a vida toda.

É um abalo doído às relações sociais a perda de um amigo. Quando isso acontece, outro não virá substituí-lo. Um amigo é único, inigualável. Se o perdermos, temos que nos conformar e seguir adiante com um amigo a menos. Nessas horas, umas doses de uísque descem bem.

Recordar-se dos tempos de moleque é uma alegria. Ficar de mal uns com outros era coisa corriqueira e efêmera; logo, logo tudo voltava às boas. Na vida de marmanjo isso muda completamente. Rompida uma amizade, *bye-bye*, pode até haver reaproximação tempos depois, mas os laços de amizade nunca mais serão os mesmos de outrora. Amizades não se repetem.

FIM DE JOGO

Lembro-me bem do velório do meu avô materno. A sala repleta de amigos e parentes, o caixão sobre um estrado de metal dourado, trazido às pressas de uma igreja da cidade, o choro convulso da minha avó e os suspiros profundos das tias. Vestiram o defunto com terno preto e gravata vermelha. Esse cuidado póstumo fez realçar a cabeleira branca do velho, cujos dedos entrelaçados deixavam ver apenas uma parte da marquinha feita pela aliança de casamento, já então entregue à viúva.

Sem entender inicialmente qual era o motivo de inesperado corre-corre, notei que havia algo errado no velório. Pelas conversas ríspidas dos parentes, logo soube que o problema, conquanto não fosse grave, causara mal-estar aos meus familiares adultos. O fato é que em um pormenor não agiram com o mesmo desvelo dispensado à vestimenta do falecido. Falharam no detalhe descoberto pelos olhos de um homem que conhecia muito bem o finado. Esses olhos pertenciam a um dos meus tios. Foi ele, o filho mais velho do defunto, quem considerou o incidente uma falha imperdoável do cerimonial fúnebre, composto por algumas beatas experientes no assunto. O problema era o seguinte: não haviam aparado os pelos do buraquinho das orelhas do morto.

Esse aparente banal acontecimento projetou-se até muito tempo após o enterro. Explico o porquê da afirmação. Para terror dos netos mais novos do finado, alguns parentes dados a brincadeiras de mau gosto mantiveram em suspense a elucidação de uma dúvida angustiante para os pequenos: os tais pelinhos haviam crescido antes ou depois da morte do velho?

De volta ao velório, meu tio facilmente solucionou o problema piloso. Ele chamou o barbeiro vizinho para resolver o embaraço e pronto. Titio sabia que o morto e o barbeiro não se falavam há anos. Mas como a morte não liga para essas bobagens, o profissional convocado para a apaziguadora missão aparou aquilo que em vida meu *nonno* chamava de vergonha. Por essa estranha mania nutrida pelo falecido, os parentes tinham mesmo o dever de impedir que vovô – embora jamais ficasse sabendo – fosse enterrado com os pequenos filamentos por ele tidos como ridículos e ultrajantes. E assim foi feito.

Após o coveiro jogar a última pá de terra sobre o caixão, ele, sempre ele, o mais velho dos tios, deu um gemido e gritou: "Vá em paz, meu pai". Em seguida, feito um louco, se embrenhou no cafezal. Naquele tempo em que telefone era coisa rara, só no dia seguinte localizaram o homem em outra fazenda. Lá, ele já havia conquistado a atenção e a simpatia de todos, com aqueles seus tiques nervosos de tremer a cabeça, simular cuspir para os lados, coçar o saco e depois falar que sabia tudo sobre futebol.

E ele sabia mesmo, mas só no entender da criançada. Com seu conhecimento e incentivo, nós, aos olhos dele, éramos craques, futuros jogadores da seleção brasileira. Se ele nos fazia sentir assim, nossas mães pensavam de modo diferente, porque não se cansavam de dizer coisas chatas, como: "Deixem a bola quieta por algumas horas, o almoço está pronto etc.". Mas quem dava bola às mães naquele tempo?

Perdoem-me, devo ter me entusiasmado e encontro-me confessando emoções passadas. Essas imagens teimam em perseguir-me. Por isso, deixo quieta a memória do meu avô e agarro-me à recordação de outra extinta e querida figura. Não amalucada como a do hoje falecido tio, mas também entusiasta dos esportes: meu pai. É recorrente em minha cabeça a lembrança da sua voz, em um campo de bocha, gritando feliz por ter conseguido acertar o bolim.

Hoje, quando vejo as lanchonetes feias e escuras da Avenida São João, lembro-me de um tempo em que lá existiam bares alegres e iluminados. Sempre que vínhamos a São Paulo, à noite, nesses bares, enquanto minha mãe e eu comíamos sanduíches com guaraná, meu pai, na parte de cima, deliciava-se com outro esporte: sinuca. Mas algo me dizia que o velho não dava para a coisa, porque ele subia as escadas sorrindo e as descia triste, cabisbaixo, com o chapéu na mão. Esse desânimo era passageiro. Logo, logo seu sorriso voltava. Bastava o garçom trazer o prato de tremoços e abrir a primeira garrafa de cerveja.

Recordar assemelha-se a rever gravações de antigas partidas de futebol. Assistimos novamente ao riso, ao desespero e à indiferença dos jogadores e das torcidas. Mas, embora sabendo de antemão que em determinado jogo nosso time foi derrotado, fechamos os olhos para esse fato e continuamos torcendo, à espera de uma sobrenatural vitória.

Teto espelhado

Era madrugada quando a loirinha chegou em casa chorando de raiva. Sem mesmo tirar a roupa, ela se jogou na cama e assim que o dia amanheceu levantou-se em silêncio. Embora não tivesse dormido quase nada, a moça sentia-se disposta e forte. Após respirar fundo várias vezes, ela arrumou sua mala e, sem se importar com o certo falatório que sua atitude iria causar, fugiu de casa. Além de pouco dinheiro, a jovem carregava pesado desgosto que lhe causara a frustração sofrida na noite anterior.

O que a atormentava não era só inveja da vencedora. Machucava-a por dentro uma mescla de ódio e revolta que ela não sabia discernir se era contra si mesma ou contra a garota eleita. A loirinha havia comprado roupas de festa e de praia; pagara cabeleireiros e maquiadoras. Gastara uma fortuna para aquilo, outro fracasso?

Mais uma vez a garota não conseguira ganhar o título de Miss Cidade. De novo viu-se na torturante condição de sorrir protocolarmente, enquanto o locutor, ao anunciar o nome da concorrente vencedora, acabava com o nervosismo que ele mesmo criara entre as finalistas do concurso.

No mesmo clube dos anos anteriores, ela se trancou no banheiro já bem conhecido, bateu a cabeça inúmeras vezes na parede e se arranhou como uma louca. Alguns minutos depois, mais calma, encheu-se de vergonha diante da possibilidade de alguém tê-la visto soluçando ao entrar no toalete.

A derrota também lhe causara dor de estômago. Mas, orgulhosa, a loirinha participou da festa e, da mesma forma como fizera nas outras vezes, abraçou e beijou a vencedora. Em seguida, sem qualquer controle, comeu e bebeu até empanturrar-se e quase vomitar no prato.

O ônibus já deixara inúmeras cidades para trás. Embora sentada na poltrona da janela, a moça não via a paisagem e fingia dormir. Aos poucos, começou a entender melhor por que se sentira tão mal na noite passada. O ódio e a inveja não foram causados somente pela derrota. Contribuíram muito para isso a simpatia e a beleza de uma pessoa que ela conhecia bem — a garota vencedora. Esta, além de sua vizinha, era sua colega de escola e amiga desde os tempos de criança.

Nos fracassos anteriores, apesar do desapontamento, nenhuma outra emoção mais forte a assaltara porque não conhecia as eleitas, não tinha nada a ver com elas. Embora existam exceções, é muito difícil alguém odiar e invejar desconhecidos, pessoas que lhe sejam indiferentes. Vá entender como nossa cabeça lida com esses sentimentos, que não gostamos nem um pouco de demonstrar; aliás, fazemos de tudo para escondê-los.

A moça sabia que seu refúgio em Santos não ia durar muito. Ela já fugira para lá outras vezes. Por isso, ao ver o pai e o irmão mais velho — dois bundões, como ela dizia — abrindo a porta do apartamento, ela não se surpreendeu.

No carro, de volta para casa, enquanto ouvia as reprimendas do pai, ela não tirava os olhos do irmão. Seu irmão... Ele era amigo do fazendeiro, o noivo da miss, da desgraçada que sempre a fizera sofrer tanto, ela pensava.

Nesse momento, estranhas ideias começaram a encher a cabeça da moça: ódio sem vingança parece nunca acabar; inveja só desaparece quando arrancamos da nossa vida a pessoa invejada e todos que lhe são próximos.

Com essas máximas de baixa filosofia, ela deu um jeito de enviar um bilhetinho para o noivo da miss. A garota soube ser convincente, porque o fazendeiro aceitou o convite.

O único motel existente nas cercanias da cidade, naquele tempo conservador que ainda nem sonhava com internet, sempre arrumava maneiras de propagandear sua principal atração: teto espelhado. E um desses espelhos, dias após a volta da moça, refletia ora a bunda dela, ora a bunda do fazendeiro. Os dois agiram com cautela. Mas isso não impediu a noiva do rapaz, a miss, de confirmar a traição, no momento em que ela era consumada.

Se a miss sabia ou não atirar até hoje é um mistério. Há quem sustente que não passou de mera coincidência os três tiros acertarem os olhos e o meio da testa do fazendeiro. Fala-se também que, antes de estrangular a loirinha com uma toalha de banho, a miss emitiu um grito horroroso, até hoje lembrado pelas mães quando tentam incorretamente, pela força do medo, acalmar as crianças.

Um inseto voador, parecido com um grande e feio besouro, pairava sobre os corpos. Os policiais, ao removerem os cadáveres, tiveram dificuldade para espantar o bicho, que a todo custo insistia em entrar no rabecão.

CANDURA INFANTIL

Noite de São João. Aqui, na varanda do meu apartamento, bebo cerveja e, pensativo, olho estrelas. Algumas perguntas veem-me à cabeça: "Será que no centro de São Paulo, onde moro, algum saudosista vai se lembrar de velhas tradições e fazer uma fogueirinha, mesmo sendo simbólica, um mero desenho numa folha de papel? Alguém, depois de uns goles de cachaça, tentará, descalço, pisar em imaginárias brasas sem queimar a sola dos pés?".

Há 60 anos, também em um mês de junho, aconteceu a final da Copa do Mundo de 1958. Que festa! Ainda mais para mim, garoto na época. A despeito do tempo passado, me lembro especialmente de um vizinho. Ele soltava um rojão a cada gol que o Brasil fazia em cima da Suécia. O homem era inspetor de quarteirão, autoridade pública respeitada naquele tempo, vejam só. Eu, então mais ou menos conhecedor da importância das letras maiúsculas, imaginava: "INSPETOR DE QUARTEIRÃO". Existe ainda esse cargo? Criá-lo era obrigação de quem? Quais os atributos necessários para exercê-lo? Prefiro não pesquisar esse assunto. Deixá-lo assim nebuloso enche mais de mistério a minha saudade.

Alguns meses depois de silenciado o foguetório, houve uma festinha de aniversário. Durante a comilança e as brincadeiras, outro vizinho protagonizou cena também inesquecível para mim. Eu vi o sujeito passando a mão nas coxas da própria sobrinha. Para um menino, aquela mão furtiva embaixo da mesa e entre as pernas da garota não significava outra coisa a não ser carinho. O caráter lascivo do gesto, só vim a entendê-lo tempos depois. Mas a menina sabia das coisas bem antes. Ao sentir o toque libidinoso, ela se levantou da cadeira num pulo e nunca mais a vi sentar-se à mesa perto do tio depravado.

Sou grato aos meus vizinhos de infância. Numa época em que não havia sequer televisão, a criatividade deles, para felicidade e eventualmente tristeza da molecada, enchia de fortes emoções aquele tempo inspirador de futuras e doces lembranças.

E houve aquele dia mais intenso e divertido do que qualquer outro. Os gritos que se ouviam eram de homem e de mulher; porém, os uivos de dor eram só masculinos. Estávamos trepados numa figueira no centro da praça da igreja quando os berros chamaram nossa atenção. De lá, hipnotizados, vimos a cena.

Era outro vizinho, o que gritava de dor. O homem costumava falar mal das moças do bairro. Naquele dia a mãe de uma delas, a golpes de sombrinha, aplicou uma surra caprichada no linguarudo. Enfurecida, a mulher rasgou-lhe a roupa e o deixou nu. A visão do homem pelado correndo até onde deixara sua caminhonete era felliniana. Para azar do "cachaceiro safado", como a mulher gritava enquanto espancava e desnudava o falastrão, a caminhonete não tinha portas. O zigue-zague feito pelo caminhãozinho durante a fuga exibiu o homem ainda mais, para gáudio da molecada que corria atrás.

Na infância, como sabemos, o passado nos diz pouca coisa, é quase irrelevante. Na época, o que importava — para nossa inveja de agora, adultos — era o tempo presente; o futuro limitava-se à espera do dia de Natal, do aniversário e da próxima matinê.

Quase esquecida já a surra levada pelo "cachaceiro safado", outro episódio — este de perfil tragicômico — agitou o dia a dia dos moleques: na vizinhança nasceu um menino sem aquilo que, depois de crescidos e então com vergonha de usar sinônimos chulos, após pigarrear, chamamos de ânus.

O assunto nem de leve era discutido pelos pais na presença dos filhos. Esse mistério, claro, era um prato cheio, como se dizia, para a imaginação dos moleques. Uns achavam que o bebê sem a dita abertura morreria logo. Outros, incrédulos, diziam que tudo não passava de uma grande mentira. Havia também os inventivos, para quem a solução seria uma cirurgia.

A perspicácia infantil maquinava os detalhes da operação, que foi mesmo realizada e bem sucedida, sem, é claro, os absurdos imaginados pelos moleques. Dentre outros pormenores cirúrgicos pensados pela molecada, um furo seria feito entre as nádegas do menino e depois uma rolha comum daria conta de vedar o orifício. Quando fosse necessário, era só destampar o buraquinho. Tão logo o serviço fisiológico acabasse, bastaria introduzir a tampa de novo e pronto, problema resolvido.

No caso do bebê sem ânus, houve consenso dos moleques na maioria dos extravagantes detalhes cirúrgicos imaginados ora por um, ora por outro. Mas — que inocência! — não faltou quem sugerisse o uso de uma rolha de champanhe. E o malvado ainda justificou: "É por causa da chapeleta".

VENENOS

Pecados são parecidos com veneno de cobras e outros bichos: a peçonha pode fazer bem ou mal. A adequada quantidade das gotas e o número das tomadas determinam a ocorrência de um ou de outro resultado. Para ser mais claro, cometer pecadilhos de vez em quando não assegura entrada obrigatória no inferno.

Pensemos na luxúria, na vaidade. É comum as pessoas — normais, bem entendido — sentirem pruridos de culpa quando gastam dinheiro em alguma coisa supérflua que há tempo as vinha atraindo, como carros e perfumes caros, por exemplo. E a troca constante de parceiros amorosos? Esses comportamentos podem até ser entendidos como arrogantes. Mas, para isso, precisam revestir-se de cores de soberba e promiscuidade, e praticados em prejuízo de outra pessoa. Se alguém se veste finamente com as roupas que pôde comprar; em um ano desfila com vários namorados ou namoradas, o pecado só é encontrável no interior de uma cabeça mal formada.

Uma correta dose de avareza também não nos faz piores. Não gostamos de entregar a outrem, de graça, a fórmula de sais milagrosos que inventamos. Existe a exceção das mães em relação aos próprios filhos. Mas mesmo estas, principalmente as mais pobres, coitadas, sem dúvida guardam para si o segredo que as impede de enlouquecer quando veem sair de dentro delas outra pessoa, com a qual terão de dividir o suado arroz com feijão.

Ninguém aceita que se apropriem da sua criatividade. No mundo das artes e das ciências o fantasma do plágio abarrota os tribunais com milionários processos, que, além das partes, advogados, testemunhas e juízes, envolvem peritos versados nas mais estranhas especialidades.

Peço licença e, goela abaixo do leitor, introduzo a esta altura dos meus desvarios a malvista e deliciosa gula. Duvidemos da pessoa que afirma não se curvar eventualmente a esse malvisto prazer. Que maravilha, por exemplo, após uma noitada, encontrar-se diante dos bufês de café da manhã em belíssimos *resorts*. Quem não sucumbe aos pães, frios, bolos, doces, frutas, miríades de omeletes, bebidas, sim, inclusive champanhe, que encontramos sobre mesinhas à beira das piscinas e da praia?

Entregar-se de vez em quando à gula é exercer o legítimo direito de ousar. Mas devemos ter em conta que, às vezes, a ousadia sai um pouco cara. No caso do excesso de comida, o preço a pagar é a diarreia, dentre outros desarranjos. A bordo de um navio, então, no cubículo que é um camarote desses cruzeiros mais baratos, a coisa literalmente fede.

A raiva, não a doença transmitida por um animal, mas, sim, o desconcertante sentimento de rancor, ódio, ou seja, a ira, erigida ao píncaro de pecado capital, é outra emoção que nos acompanha do berço até a morte. Por isso, não devemos nos envergonhar quando ela nos assalta. Mas, ao contrário da luxúria, da gula e da avareza, benéficas quando cultivadas com parcimônia e sapiência, a raiva deve ser expelida como um vômito ácido assim que a sentimos.

Raiva acumulada causa gastrite, úlcera no estômago, dor de cabeça e não raro leva até ao cometimento de homicídios. Ouçam um conselho: se lhes esbofetearem uma face, jamais ofereçam a outra para levar mais um tapa. Nada disso. Reajam na mesma proporção para que, na pior das hipóteses, a contenda termine empatada, coberta com o manto da mais pura legítima defesa.

Quanto ao orgulho, quando não exercido com alarde, deve ser liberto da sua má fama. Não é fácil conceber ideia mais prazerosa do que orgulhar-se de algo um tanto supérfluo, mas conquistado com honestidade, como possuir uma casa de campo avarandada, com riacho e pomar. Eta coisa maravilhosa que é dar uma banana para quem vê pecado nesse modo de viver bem.

Há que ser dita alguma coisa sobre a inveja. Ela é uma poderosa arma de progresso, mas apenas para quem pretenda equiparar-se ao invejado ou suplantá-lo, sem jamais torcer para que ele perca a saúde, os bens, a prosperidade, o conhecimento e outros atributos motivadores da inveja. Aliás, com as cores ora pretendidas, tal sentimento não pode ser chamado de inveja, mas, sim, de inspiração.

Gozar ocasionalmente uma preguicinha também não faz mal a ninguém, e, acreditem, não engorda.

Enfim, quem somos nós para desautorizar Shakespeare quando afirma (*Medida por medida*, II, 1, 38) "Alguns se elevam com o pecado, outros se precipitam com a virtude".

PAÚRA

Os estrondos acordaram a vizinhança antes de o sol nascer. Em poucas horas, a casa onde o velho havia morado transformou-se num grande entulho. No terreno hoje funciona um estacionamento, usado por quem não consegue vagas para os carros em mais um *shopping* inaugurado há pouco tempo no bairro.

O motivo que levou o velho a escolher o Brasil para morar era fato incontroverso entre os vizinhos: "Aqui é o país da impunidade", diziam eles. Mas de quem o homem se escondia, acreditavam que era da Máfia siciliana.

Ele pouco saía de casa. Quando decidia quebrar a reclusão usava terno escuro e chapéu preto de feltro. O homem caminhava de um jeito imponente, sempre a passos largos e com a cabeça erguida.

O velho despertava grande curiosidade nas crianças, embora estas o temessem. O medo sentido por elas não era infundado, porque seus pais inventavam estranhas histórias sobre o homem. Uma delas dizia que ele, antes de fugir da Sicília, havia matado muita gente por ordem do *capo*. A criançada associava esta palavra ao capeta.

Uma moça de salto alto e bem maquiada costumava visitá-lo. Ela tocava a campainha, ouvia-se o latido dos cães e depois o portão era aberto automaticamente. Isso também intrigava os vizinhos: "Que tipo de relacionamento havia entre a moça e o siciliano?", perguntavam-se. Alguns afirmavam que eram amantes; outros a viam como uma prostituta; para um grupo de falatório mais contido, a jovem não passava de uma filha do velho.

E houve aquele dia. Com seus passos firmes, o homem, levando apenas uma mala, caminhou até um táxi e nunca mais voltou ao bairro. Se antes quem o conhecia não se cansava de fazer especulações sobre sua vida, depois que o velho foi embora, então, incertezas extravagantes tomaram conta da rua.

A maioria achava que ele resolvera voltar para a Itália. "Será que a moça foi também?". Muitos imaginavam a chegada do velho a Palermo. Ante o olhar malicioso de algum siciliano, o homem anteciparia a resposta: "Não, não vim procurar herança *cazzo* nenhum. Voltei à Sicília para chupar as laranjas vermelhas que crescem aqui. Também estava louco para comer *cannoli. Dio mio*, que saudade dos *cannoli*!". Não descartavam a hipótese de que, na cozinha da casa por ele alugada, perto do mar, o velho pensasse muito sobre a melhor maneira de preparar peixe-espada, adorado pelos sicilianos.

Nos arredores da cidade, cheios de oliveiras e limoeiros, mais ainda o velho iria aspirar o cheiro da terra onde nascera. E não era nada improvável que o vento lhe trouxesse a lembrança de canções e perfumes da infância.

De volta agora a Palermo, endurecido pela vida, ele não iria mais sentir medo, como nos tempos de criança, dos enormes cães adestrados para matar. Diante da recordação de tantos sentimentos já quase esquecidos, será que na cabeça do siciliano, um velho, com pouco tempo para ousar, passaria ainda a ideia de outra vez deixar a Itália?

"Difícil descobrir com certeza o quê, há muitos anos, fez o velho sair da Sicília", pensavam seus ex-vizinhos. "Ele deve ter violado alguma lei da organização criminosa e, com medo da vingança, certa fugiu para a América." Havia ainda quem acreditasse que o desrespeito cometido pelo italiano foi ter estuprado a filha de um amigo da Máfia.

Se isso fosse certo, e como já havia matado a saudade da sua terra, o melhor que o homem teria a fazer era mesmo deixar para trás as laranjas vermelhas e os *cannoli*; encher os pulmões com o ar da Sicília e novamente fazer as malas. Ele não podia se esquecer das regras da Cosa Nostra: traidores não merecem perdão.

A vida estranha que o velho levava só dizia respeito a ele, não interessava a mais ninguém. Mas somos inábeis em aceitar a diversidade do comportamento humano. Imaginaram até que o homem voltara à Itália para confirmar se havia mesmo engravidado a filha do amigo de organização, se era pai de um filho desconhecido e, acima de tudo, descobrir se, depois de tanto tempo, a Máfia, contrariando suas convicções, o perdoara.

O acaso mostrou que isso não aconteceu. Alguns meses após a partida do velho, um antigo vizinho fortuitamente o avistou em outro bairro da cidade. O homem vestia o mesmo tipo de terno e chapéu pretos, e suas passadas continuavam firmes. A bonita moça com quem ele andava de mãos dadas talvez fosse sua filha, namorada ou mulher. Antes de tudo, porém, era fato visível que ela guiava o italiano, cujos óculos escuros escondiam seus olhos, mas eram insuficientes para disfarçar sua total cegueira.

Irresolutos

É tema recorrente nas publicações de autoajuda a tentativa de dar um jeito no eterno problema dos irresolutos que não conseguem dizer "sim" ou "não" de forma segura. Transmitidas em geral por livros, jornais e revistas, essas obras, embora bem intencionadas, na maioria das vezes são ineficazes e, eventualmente, ridículas.

A dificuldade em assumir opiniões firmes é comum, e com frequência encaminha os sofredores a terapias especializadas. Depois de anos vertendo dinheiro sem sucesso, muitos pacientes abandonam o tratamento. Ainda indecisos e mais pobres, mentem ao terapeuta dizendo-lhe, por exemplo, que os chefes os transferiram para outra cidade e continuam a levar a vidinha insegura para frente.

Tomar partido sobre certos assuntos, para alguns, é um problema que começa lá atrás, na infância. Essas pessoas são submissas, elas se comprazem em fazer a vontade alheia. Num ato explosivo, elas, às vezes, conseguem falar os penosos sim ou não, mas tais desabafos saem carregados de culpa e por isso mais as machucam do que as aliviam.

Especialistas sustentam que as crianças conseguem falar não, com certa segurança, a partir de um ano e meio de vida. Nessa idade os pirralhos começam a se identificar como uma pessoa diferente daquelas ao seu lado. Um pouquinho mais velhas, o sonoro "não" nada tem de discórdia pura de algo que não lhes esteja agradando. Os infantes apenas negam tudo para, como se diz agora, causar; manter-se firmes no sentido de que só concordam quando querem, sem qualquer submissão ao jugo dos pais ou de outras pessoas. Esse é o entendimento de René Spitz, na obra *O Não e o Sim*, mencionada por Contardo Calligaris em artigo publicado na *Folha de S. Paulo* de 17.9.2009.

Não resta dúvida de que é procedente a intenção dos nossos educadores, neste universo incluídos pais e escolas, de nos incutirem o dever de estarmos sempre dispostos a ajudar os outros. Mas devemos respeitar grandezas que aprendemos como sendo só nossas. Assim, é incabível o ato de dizer sim ou não, se isto contrariar valores que entendemos corretos e eles nos sejam próprios. Nessas horas lascar um "não" ou um "sim" com firmeza é melhor do que contrair gastrite.

Não faz qualquer sentido violentar nossa consciência tão só para concordar com um amigo ou parente. Está certo que, de vez em quando, por instinto de sobrevivência, dizemos sim, mas reprimindo um retumbante não. Isso ocorre, por exemplo, quando chefes pernósticos e atrevidos, ou professores com esses mesmos predicados acrescidos de rasa sapiência, nos fazem sorrir da mediocridade deles apenas para não perdermos o emprego ou o ano escolar.

Lembremo-nos também de que a vida adulta, cheia de protocolos, cerimônias e outras chatices, limita nossa espontaneidade. Aqueles que conseguem dizer um não ou um sim na hora certa, e em obediência aos seus reais sentimentos, merecem muito respeito. Ao contrário, aqueles que não têm esse dom dificilmente aprenderão a agir com naturalidade, coisa que nem mesmo décadas de terapia conseguem resolver.

Para embaralhar tudo, é difícil explicar, mas sabemos que o não e o sim, quando não vêm do fundo da alma, dificilmente conseguem convencer. Isso acontece porque nosso olhar escancara aquilo que na verdade sentimos e queremos.

Quantas brigas essas palavrinhas já causaram e continuam causando. Elas atacam em todas as línguas. A rigor, nem de línguas elas são dependentes. Para demonstrá-las há um gestual que todo mundo entende: o balançar da cabeça e dos dedos indicadores.

Monossílabos poderosos, eles dão um recado tão direto e contundente que, algumas vezes, desencadeiam comportamentos inimagináveis. O sim e o não são insubstituíveis. A não ser na forma de conhecidos gestos, não há palavras que os substituam adequadamente, mas, sim, quando muito, meros eufemismos.

Estava me esquecendo de dois pequenos detalhes: a) nem padres casamenteiros, que passam a vida ouvindo noivos dizerem sim, conseguem perceber se os pombinhos estão sendo sinceros ou não; b) mendigos tarimbados sabem por que o dia inteiro lhes dizem não: até as pessoas mais tímidas se encorajam diante de quem não lhes pode causar qualquer contrariedade, além de nauseá-las com o cheiro de urina e suor.

Estragos

Munido de pomadas e saudades, consegui impedir o crescimento de um tardio inconveniente. Não é que uma espinha, com décadas de atraso, insinuara-se na minha face direita?

Essa vitória levou-me de volta aos vinte anos. Naquela época as espinhas já tinham me deixado em paz. Feliz — de paletó e gravata —, eu trabalhava como bancário numa cidade catarinense circundada de araucárias.

Em uma fria manhã de segunda-feira, um colega do banco chegou nervoso ao trabalho dizendo que haviam roubado seu fusca. A solidariedade falou alto. Começamos a procurar o ladrão e, o que era mais importante, o carro. Iríamos encontrá-lo, sem dúvida, porque roubos, furtos, ladrões e corruptos ainda não eram tão comuns como hoje. Além disso, a cidadezinha ficava num vale, com montanhas por todos os lados. Mas que decepção! Nem o carro e nem o larápio foram localizados, mesmo com a ajuda da rádio da cidade que repetia, de hora em hora, a marca, a cor e o modelo do "veículo pertencente a conhecido bancário, o probo cidadão fulano de tal".

Bem, o carro não foi encontrado, mas seu dono... No dia seguinte, num botequim, lá estava ele mais uma vez bêbado durante o horário do expediente. Como o homem era fluente em francês, o banco não lhe aplicou a "merecida punição pela grave falta funcional", nas palavras do gerente. O chefe tinha lá seus motivos para ser benevolente com o beberrão: o francês era o idioma do proprietário da maior empresa cliente do banco, no qual, a não ser o bancário faltoso, além de *bonjour, monsieur,* ninguém falava nada naquela língua.

Bons momentos eu vivi olhando as araucárias que enfeitavam o horizonte montanhoso da cidade. Além da família e dos amigos, eu não sentia falta de nada de São Paulo. Isso me deixava seguro. No começo dos anos 1970, quem podia se afastava voluntariamente dos grandes centros por uns anos, não correndo assim o risco de ser afastado da vida pela ditadura militar.

Nunca tive medo de certos comportamentos estranhos que tenho. Por isso, para mim é normal parar na rua e ouvir os periquitos chilreando estridentemente no topo das árvores. Gosto ainda mais desses pássaros porque, segundo os entendidos, eles vivem em casais. Está certo que é um pouco difícil saber se os parceiros são sempre os mesmos durante a vida. Não é impossível que num triste dia um macho ou uma fêmea morra de doença, tiro ou estilingada e logo em seguida o cônjuge sobrevivente o substitua por outro pássaro viúvo ou solteiro.

Os periquitos e as araucárias há muito tempo sumiram das colinas que circundavam a pequena cidade catarinense onde vivi. Os pinheirais, vistos de longe, lembravam guarda-chuvas abertos, uns ao lado de outros. Talvez pelo fato de as chuvas estarem rareando, quase desaparecendo, guarda-chuvas pouco a pouco deixam de fazer falta. É provável que uma macabra realidade tenha atingido as araucárias: o ganho de dinheiro fácil, sem qualquer culpa, substituiu os verdes pinheiros por tristes condomínios de concreto armado.

São lindos os passos das danças de salão, para quem sabe fazê-los e apreciá-los. Não existe ritmo melhor ou mais bonito que outro, é verdade. Mas existe a valsa, e com ela, para dançar, não há ritmo que se compare. É indescritível a alegria que se extrai de um salão de festas repleto de casais em remoinhos, ao som de valsas, principalmente as clássicas.

Ao falar de periquitos, pinheiros e valsas não mudei de assunto, não. Recordei-me de distante *city tour* europeu. O passeio estava no fim. O ônibus voltava para o hotel vienense. A única pessoa, além do motorista, que não estava embriagada de vinho branco perguntou à guia de turismo onde ficavam os famosos bosques de Viena, imortalizados pela valsa de Johann Strauss II. A guia, envergonhada, não soube responder.

Quando um homem, que no máximo consegue viver cento e

poucos anos, por dinheiro escuso ousa cortar uma árvore, um milenar jequitibá, por exemplo, quase um prenúncio de eternidade, imagino-me batendo palmas com vigor se eu visse índios enfiando-lhe flechas no traseiro. Cena como essa, porém, dificilmente será presenciada porque é comum índios desnaturalizados receberem uns trocados pela conivência com a destruição das matas.

De volta ao carro, a surpresa após as investigações: não houve roubo coisa nenhuma. O cachaceiro emprestara o fusquinha a um amigo, que saiu da cidade com o veículo e só voltou dias depois.

A cabeça do beberrão foi salva pela língua francesa. Mas isso não o ajudou muito, pois o álcool já havia feito considerável estrago na memória do francófono colega.

O RUGIDO DO GATO

A pronúncia do verbo rosnar encerra onomatopeia quase perfeita do que ele representa. Alguns animais roóóóóósnam em situações que lhes sejam adversas. Seu Fidélis, homem de gosto apurado, como ele dizia, detestava esse verbo. Ele o considerava fraco para representar o inconformismo dos bichos. Isso porque a primeira conjugação verbal, a mais frequente, o homem a julgava à toa, muito numerosa e batida. Sua preferência recaía sobre os verbos da terceira conjugação, como grunhir, por exemplo, pelo qual ele nutria grande admiração. Sentia-o como o mais apropriado à representação da voz dos mamíferos superiores.

Seu Fidélis também não gostava dos verbos da segunda conjugação porque, ele justificava, dentre eles existe um — morrer — que representa o fim. E finalizar, acabar, findar, encerrar eram verbos que ele evitava. A maluquice do velho o contradizia: ele não pensava no verbo nascer.

Essa excentricidade provinha do fato de o homem ter descoberto que a maioria dos verbos representativos das vozes dos animais pertence à primeira conjugação. Contrariado, ele então consultou livros e deteve-se em antigo opúsculo africano versando sobre o tema.

Os verbos referentes às vozes dos animais foram por ele muito bem examinados e, após essa experiência, o homem adquiriu o dito gosto pelo verbo grunhir. Outro que o atraiu muito foi balir. Seu Fidélis, segundo suas próprias palavras, chorava ao fechar os olhos e ouvir imaginários cordeiros balindo quando estavam à beira de receber o golpe que lhes tiraria a vida.

Depois de uns goles de conhaque barato, cuja garrafa às vezes seu Fidélis esquecia onde escondera, ele acreditava ter desafiado o trompetista Al Hirt para um duelo. Ofendido, o músico reagira: "Não levo desaforo pra casa. Vou matar esse cara agora mesmo com um golpe de trompete. Bem dirigida, bem dada, a pancada abrirá a cabeça desse velho filho da puta".

Em seus delírios, o maluco julgava-se indestrutível andando pela cidade com seu chapeuzinho que ele dizia ser mágico. Ele afirmava — vejam só — ter matado Al Hirt no imaginário duelo e que havia enfiado o bocal do instrumento no ânus do músico.

"Acorda, mijão", os enfermeiros interrompiam-lhe o sonho. "As pílulas, hem?", seu Fidélis perguntava. "Sim, fedorento, e não finge que engole elas; tamos sabendo". "Que bom se em vez desses desgraçados aparecesse um cordeirinho balindo de alegria", de novo ele começava a sonhar.

Enquanto havia notas de dinheiro no meio da Bíblia, as enfermeiras o limpavam rapidamente, bastava tocar a campainha. Mas a grana era pouca. Não deu para agradar as mulheres por muito tempo. Fezes e urina agora ficavam horas no fraldão que o homem usava.

Com o tempo, ele havia aprendido a reter os comprimidos embaixo da língua e escondê-los depois. A enfermeira boazinha, a única, via tudo e não falava nada. Anjos como esse sempre existem nos asilos. Seu Fidélis temia que os remédios lhe causassem os mesmos estragos sofridos por um dos velhos do asilo. "Coitado. Esse nem mais parece estar vivo", ele pensava.

Mas chegou o inexorável dia para o seu Fidélis. Revistaram cuidadosamente o criado-mudo e o colchão onde ele dormia. Encontraram um relógio, duas alianças de ouro, fotografias, uma calcinha vermelha, revistas pornográficas, um maço de cartas e um punhado de comprimidos. Levaram tudo. "Imagine, o fedorento falava que não dormia só, mas, sim, desacompanhado", diziam os enfermeiros caçoando dos delírios do falecido.

Esses furtos eram costume antigo. Os enfermeiros sabiam onde os velhos guardavam, sem qualquer ordem, objetos de valor e coisas estranhas e inúteis, como uma velha passagem de avião para Miami.

Os médicos não tiveram dúvida. Os cortes na cabeça do velho foram provocados pela convulsão decorrente do grande número de comprimidos que ele tomara. O bilhete encontrado sobre o lençol, os doutores acrescentaram, fora escrito no início da ingestão das pílulas, momento em que elas causam apenas euforia.

O teor do bilhete atestava o grau de demência do morto: "Os gatos comem ratos. São ousados os gatos. Sobre telhados, debocham de nós com prolongados rugidos — rugidos, não miados — de amor. Eu adoro música, mas não gosto de músicos. Eles são pernósticos e invejosos. Por isso já matei um desses filhos da puta. Eles até hoje continuam reféns do passado. Nunca se livraram dos gordos cachês que os reis lhes pagavam pela exclusividade e puxa-saquismo. Merda, quantos verbos da primeira conjugação".

Ardentias

Amantes de livros desde cedo descobrem um jeito próprio de lidar com sua biblioteca. No meu caso, até vinte e poucos anos de idade, antes de enfileirar os volumes em uma estante, eu os assinava na primeira folha, datava e escrevia o nome da cidade onde eu vivia na época. Esse ritual, eu pensava, garantia-me a posse dos livros, que me pertenciam por tê-los comprado, recebido de presente ou, ocasionalmente, desviado de algum sebo.

Ao fazer esses registros, como disse, minha intenção primeira era não deixar dúvida de que os livros eram meus. Tal cuidado dificultava a possível ousadia de algum amigo da onça que fosse à minha casa e, distraindo-me com um gibizinho do Carlos Zéfiro, por exemplo, tentasse reproduzir meu hoje antigo gesto ligeiramente ilícito de subtrair livros alheios.

Mas algo mais forte do que esse cuidado me fazia apor as anotações na folha do livro. Era um sentimento desconhecido, diferente daquele que tínhamos ao ostentar as iniciais do nosso nome bordadas em uma camisa. Costume, este último, já fora de moda e que na maioria dos casos não passava de mera exibição — algumas vezes inconsciente — de falsa nobreza.

As marcas feitas nos volumes em nada se pareciam com esses bordados. Elas inspiravam-me ideias de fazer dos livros parte da minha vida, ou seja, de possuí-los para sempre. Eles iam além de simples atestados dos interesses literários que então me levavam a lê-los. Os livros anotados eram semelhantes a fotos, cujo manuseio futuro apontaria, em imaginárias imagens, meus sentimentos em determinada época, nas ruas, praças e casas da cidade onde vivia quando eles vieram parar em minhas mãos.

Como mencionei um pouco acima, eu mantive aqueles cuidados especiais com os livros até a época da juventude. Depois, pouco a pouco, fui abandonando explicitamente muitos desses antigos mimos.

Com tal atitude de forma alguma passei a desrespeitá-los.

Ainda hoje confiro folha por folha o acabamento formal dos livros que adquiro. E, acreditem, não poucas vezes encontrei volumes com folhas duplas, ausentes, de ponta-cabeça e outros defeitos.

Ao deparar-me com essas malformações, punha e ponho em prática extensa lista de ações tendentes a desagravar tais ofensas literárias. Essas providências variam de simples telefonemas a ações judiciais, passando por descomposturas feitas pessoalmente aos livreiros.

Ora, onde já se viu pôr à venda, ou mesmo distribuir de graça, um livro defeituoso? Ninguém pensou no escritor, nas olheiras que ele ganhou trabalhando o texto dia e noite?

Ciente estou, porém, e ninguém há de negar, de que certas obras teriam sido mais úteis à cultura se todas suas folhas estivessem em branco. Além disso, melhor seria se fossem divulgadas com fictício nome dos autores, evitando-se assim que os verdadeiros escritores, embora merecendo, caíssem no ridículo, no anedotário.

De volta àquelas atenções dantes concedidas aos livros e há décadas abandonadas, assim decidi por motivos delicados. Ao agir dessa maneira, omitindo explicitamente a data e a localidade nas quais obtive a posse dos livros, não tive a intenção de deixá-los incógnitos, tristes, abandonados, quase órfãos, com idade e naturalidade desconhecidas. Não, jamais deixei de assinar a primeira ou segunda página dos meus livros. Mas certo dia, aos vinte e poucos anos, como disse, pensei que se apenas acariciasse os livros, os cheirasse e os folheasse, delicadamente, repetidas vezes, poderia memorizar a época e também a naturalidade dos volumes adquiridos sem rabiscar-lhes em excesso.

Feliz, confesso que minha previsão estava certa. Alguém pode dizer que há prazeres melhores na vida. Concordo, mas para mim é tão bom tirar um livro a esmo da estante, olhá-lo, correr o polegar direito sobre suas folhas, sentir-lhe o cheiro, esboçar um sorriso de saudade e lembrar quando e onde ele veio parar em minhas mãos.

Não me esqueci dos livros que me foram presenteados com dedicatórias carinhosas, contendo data, cidade etc. Estes são atemporais e espargem agradecimentos contínuos e vitalícios. Por falar nisso, sobre minha mesa de escritório repousa um livro cuja dedicatória existiu apenas na intenção de quem me presenteou com o volume. O amigo sabia que era desnecessário escrever algo sobre as folhas da raridade "Ardentias, Versos, de Vicente de Carvalho, 1885, Typographia a vapor do Diario de Santos".

Soltemos as amarras

Livrar-se de amarras comportamentais faz muito bem às pessoas. Antes que pipoquem dúvidas, explico meu entendimento sobre amarras comportamentais. É claro que, dentre outras acepções, amarra significa prisão. E é nesse sentido que lancei a curta e grossa assertiva inicial, mas também incluindo — como se deve — no significado do termo "comportamento" o uso da linguagem. Assim, o espírito da coisa que tento transmitir é livrar-se do cativeiro representado pelo apego a velhas expressões como "curta e grossa" e "espírito da coisa", usadas acima como ilustração. Essas velharias são amarras linguísticas das quais devemos nos livrar. Elas não se confundem com as salutares e enriquecedoras expressões idiomáticas.

O velho linguajar exemplificado foi modismo em determinada época, cumpriu sua finalidade e só. Seu destino é mesmo permanecer quietinho no passado. Empregá-lo hoje apenas revelaria anacronismo e falta de "semancol" (não desmaiem, é apenas para ilustrar). Quem age dessa maneira demonstra ser vítima de introjeções. A pessoa não se dá conta de que isso não passa de lassidão à qual eventualmente nos entregamos por mero descuido.

Em estágio já corrompido pela insanidade, exemplos de criadores de amarras comportamentais são os nazistas, os machistas, os tiranos e os intolerantes em geral, dentre outros grupos de malfeitores da humanidade.

As ideias que esses nefastos grupos disseminam muitas vezes são assimiladas como mecanismos de defesa por pessoas desinformadas, inseguras e amedrontadas. Quando, por alguma razão, elas não conseguem impedir a influência desses bandos de celerados, juntam-se a eles como forma de escapar do perigo.

Obras artísticas (na forma, não no conteúdo) sobre a ascensão do Terceiro Reich são pródigas em cenas de meninos, uniformizados e em formação militar, gritando palavras de ordem em louvor a um louco que levou a Alemanha à ruína e desgraçou grande parte do mundo. Alguém, a não ser um degenerado discípulo de Hitler, dos muitos ainda existentes por aí emporcalhando o planeta, pode afirmar que aquelas crianças tinham lá noção da tragédia representada pelo nazismo?

A introjeção, dizem os especialistas, inicia-se na infância. Nessa idade, a meninada aceita inúmeros valores sociais como sendo verdadeiros, não porque acredita que eles sejam corretos, mas, sim, porque as regras lhe são impostas obrigatoriamente pela família, professores, por quem a rodeia, em suma. Afinal, coitados de nós, já nascemos sabendo: se não respeitarmos ordens de cima, seremos punidos, ou não levados a sério, o que é outra forma de castigo.

Encarquilhados nazistas, tiranos, fascistas e intolerantes nunca pensam em se livrar das amarras representadas pelos sanguinários ideais que lhes turvam a visão. Eles querem, isto sim, a todo custo transmiti-los como uma doença contagiosa. Na mente distorcida desses crápulas a tônica é o constante desejo de sempre, sempre, angariar mais seguidores. Assim, para o bem da humanidade, não deveríamos sequer deixar que eles se aproximem de crianças, para dizer o mínimo.

Dos machistas, creio que estamos no caminho certo para eliminá-los. Sem recorrer a reais, mas, sim, simbólicos fuzilamentos, há décadas grandes e sérios movimentos femininos e de órgãos voltados à proteção dos direitos humanos dedicam-se com ferrenha disposição a combater o machismo. Este defeito comportamental, sabemos, não é exclusivo de homens, pois o que existe por aí de mulheres machistas não "está no gibi".

A respeito de linguagem anacrônica, do chavão, o tema é bem delicado. Há locuções antigas como, por exemplo, "bater papo", que com o tempo se tornam expressões idiomáticas. Estas devem ser usadas porque enriquecem a língua. Alguns modismos e gírias obsoletas, porém, soam ridículos. Hoje quem se arrisca a usar as ilustrativas expressões "rebentar a boca do balão", "é uma brasa, mora", "grilado", "chover a cântaros" é visto como pessoa retrógrada. Nesse rol não se inclui o clássico "risco de vida", cuja existência tentaram eliminar, substituindo-o por — "argh"! — "risco de morte". Ainda bem que a tentativa dos literalistas felizmente fracassou.

Não me esqueci dos preconceituosos. A insanidade deles é tamanha que os leva a cometer atos inimagináveis. Diogo Bercito, na *Folha de S. Paulo* de 06.12.15, afirmou haver sérias versões a sustentar que García Lorca, por sua militância de esquerda e homossexualidade, antes de ser fuzilado teria levado um tiro no ânus. Não duvidemos de Albert Einstein. Crédito ele possuía para afirmar: "É mais fácil desintegrar um átomo do que um preconceito".

Otras cositas más

Laurinda, naquele dia, não precisou acordar cedo e nem levar o filho para a casa da vizinha que tomava conta da criança. Ela brincou com o menino durante a manhã e, na hora do almoço, preparou macarrão com molho de tomate e salsicha. O garoto gostava desse prato. Nisto ele puxara ao pai, a mulher não se cansava de falar às amigas, acrescentando que não teve culpa por ter sido abandonada pelo companheiro quando o filho ainda era bebê.

Como fazia habitualmente, Laurinda mantinha a TV ligada enquanto ela e o filho comiam. O apresentador do noticiário policial repetia a expressão: "Foi aqui, nesta casa luxuosa; aqui, vejam bem, dentro deste quarto, que tudo aconteceu". A imagem mostrava uma enorme cama desarrumada, perto da qual havia um rapaz algemado. O moço não denotava medo. Ele respondia às perguntas com desembaraço: "Sim, faz tempo que tou nessa vida. O negócio dá dinheiro, meu. Eu sou profissional, não enjeito programas. O importante é o *money*, pouco me lixo se os clientes são velhos ou não".

O repórter, em seguida, conversou com uma garota também algemada. Ela confirmou a história do rapaz. Os dois tinham ido atender antigos clientes, gente fina. Ao ser perguntada sobre o motivo de terem feito aquilo, ela respondeu que pretendiam ir para o Rio de Janeiro. Por isso, esclareceu, "Caprichamos no 'boa-noite cinderela' e pegamos a grana dos velhos. Depois, a gente trancamos eles no banheiro; mas quando a gente estava indo embora a merda do alarme disparou".

Laurinda não prestava atenção ao noticiário. Feliz, a mulher tentava entender as histórias que o menino contava de forma entrecortada: quem eram seus amiguinhos; qual era o nome do cachorro adotado pela vizinha; a comida que ela servia para ele; esses assuntos de mães e crianças pequenas.

Após o almoço, enquanto arrumava a cozinha, os acontecimentos do dia anterior estavam bem nítidos na cabeça da mulher. Os donos da casa concederam a ela o fim de semana inteiro de folga. Disseram-lhe que não precisava se preocupar com o trabalho a partir da sexta. Em seguida, reafirmaram que ela devia voltar ao trabalho só na segunda. Embora sem entender os motivos da generosidade, ela agradeceu e foi embora para casa.

"O que deu na cabeça daqueles bolivianos miseráveis, mãos-de-vaca? Por que me dispensaram do serviço e ainda me deram meio bolo e um frango assado?" Tudo isso ela pensava espremida no ônibus lotado.

A mulher odiava a desconfiança que os patrões tinham em relação a ela. De vez em quando eles deixavam de propósito dinheiro e joias em gavetas destrancadas para testar-lhe a honestidade. Isso era comum, ela sabia. Patrões costumam agir assim com as empregadas. Outra coisa estranha é que eles acordavam tarde todos os dias. Pessoas de idade não têm esse hábito. Ela já trabalhara em muitas casas de idosos e todos lhe confessavam a dificuldade que tinham para dormir.

Mas havia algo que a incomodava ainda mais: às vezes, eles passavam a tarde toda cochichando e rindo disfarçadamente. Nessas ocasiões, quando voltava para trabalhar no dia seguinte, ela encontrava no lado de fora da porta que dava para o quintal latinhas de cerveja e garrafas vazias, embalagens de pizza, essas coisas. Sem contar o tanque cheio de toalhas para lavar, além da pia da cozinha repleta de pratos, copos e talheres sujos.

Para Laurinda, parecia óbvia a existência daquele tipo de lixo, louças e roupas sujas: os patrões davam festas, recebiam visitas. "Ainda bem que os muquiranas não me pedem pra permanecer na casa à noite e ajudar a servir os convidados", ela pensava com alívio.

Antes de chegar ao ponto onde descia do ônibus, essas ideias já tinham saído da cabeça da mulher. Sua preocupação era pegar o filho na vizinha; pagar a mulher por ter cuidado da criança; dar janta para o menino; arrumar sua própria casa e descansar. Ela estava feliz porque de sexta à noite até domingo estaria livre da chatice do emprego e dos velhos avarentos.

Quando finalmente prestou atenção à TV, de tanto o apresentador repetir "foi aqui, vejam, neste quarto", Laurinda quase caiu de costas. Ela inteirou-se do assunto e gritou: "Meu Deus. São os desgraçados dos bolivianos, meus patrões. A polícia vai achar que eu tive culpa". Seu medo aumentou quando os jovens esclareceram que foram obrigados a fazer sexo entre eles quatro na cama, no sofá, no chão e na banheira: "A gente não tamos nem um pouco arrependido. Os velhos fedorentos até disseram que na próxima vez ia ter uma novidade. A empregada deles, uma morenaça, com um vestido preto bem curtinho, ia servir pra gente bebidas e *otras cositas más*".

Nas mãos da fortuna

Sorte, fadário, ventura, sina, não importa o nome com o qual nos referimos a ele, mas a verdade é que o assunto destino não passa batido a praticamente ninguém. Volta e meia a questão martela nossa cabeça: afinal, existe destino, ou a vida é uma sucessão de atos voluntários, os quais, somados a casos fortuitos, determinam o que seremos neste mundo?

Aliás, o magnetismo do termo é tão forte que, abstraindo-se o sentido pelo qual é conhecido, a palavra destino encerra poderoso componente de marketing. Um carro batizado com esse nome chamaria a atenção. Imaginem, dirigir um "Destino" é notória mostra de poder. O desempenho da máquina seria irrelevante, mero detalhe da habilidade que tivemos para fabricá-la.

Até mesmo respeitados cientistas não resistem à tentação exercida por publicações sobre o assunto. Fingindo desinteresse, eles não se privam de lançar espiadelas nessas obras. Mas, como o tema sempre fez sucesso entre pessoas simples, muitos letrados evitam dar atenção à aparente banalidade da matéria. A quase tudo que é demasiadamente popular, a maioria dos eruditos demora a reconhecer a devida importância. Mazzaropi e Chacrinha são bons exemplos dessa afirmação. Com raras exceções, no passado eles foram achincalhados pela crítica. Mas depois viraram *cult* e aí sim surgiram inúmeras teses enaltecendo o trabalho deles. A propósito, e longe de mim arriscar prever o futuro, algo me diz que o mesmo vai acontecer com Roberto Carlos.

Falar em destino para a maioria das pessoas é como oferecer balas a crianças. Poucos resistem a um papo sobre o tema. Ele tem tudo a ver com a chula expressão: "Nascer com aquilo virado para a lua".

Todos nós vamos ser alguma coisa na vida. Coisa boa, remediada ou ruim, é bom que se diga. Logo, como simples sinônimo de começo, meio e fim de vida, destino existe, não há dúvida. Sim, e sabemos: depois de alguns anos de existência abotoamos o paletó deixando para trás tudo que, bem ou mal, simplesmente fomos.

Agora, conhecer previamente o roteiro da vida é coisa diferente. Outrora quem adivinhava o futuro observando os pássaros eram os áugures romanos. Hoje são as ciganas. Elas pegam em nossas mãos e profetizam para nós um mundo pleno de felicidade. Depois, quem lá tem coragem de negar a essas mulheres boa recompensa pelo alento que nos deram?

Que me perdoem as sorridentes ciganas, mas adivinhar o futuro? Isso não passa de ilusão. Certas pessoas dão pistas de como será seu fadário, sem que isso seja previsão do futuro, mas, sim, mera demonstração do desiderato por eles esperado. Dublês de filmes de ação, trapezistas de circos, bebuns e outros contumazes drogados afins, estes, pela vida que levam, provavelmente morrerão cedo. Mas, em contrapartida, partirão felizes porque passaram a curta existência fazendo aquilo de que gostavam.

A quimérica previsão do futuro excita a curiosidade por vários motivos. Há quem deseje saber se vai arrumar bom emprego, se vai ter boa saúde, se vai ser feliz no casamento etc. Mas a dúvida maior — aliás, ninguém gosta de dirimi-la — é sobre o jeito com o qual vamos esticar as canelas.

É inegável que certos fatos da nossa vida são frutos de meras coincidências. Contudo, e aqui também não há quem negue, a sina, a fortuna, seja qual for o nome predileto que escolhemos para nomear a somatória da nossa existência, esta de vez em quando, para o bem e para o mal, nos apronta peças de espantar.

Walcyr Carrasco, em crônica publicada na revista *Época* (11.03.14), fala sobre atrizes e modelos hoje bem conhecidas e que no passado não buscavam a fama. No entanto, no dia da seleção das candidatas, acompanhando amigas ou parentes, estas sim interessadas no estrelato, aquelas resolveram também submeter-se à escolha e, para sorte delas e nossa, tornaram-se famosas. É o caso da Gisele Bündchen, que foi ao teste apenas fazendo companhia à irmã.

Muito tempo antes desse gostoso acontecimento, no final no século 19, em Cosenza, na Itália, um caso engrossou as estatísticas dos que acreditam na versão mais cruel do fadário: o azar. Empregados da prefeitura cavavam um túnel. No final do dia, voltando para casa, um trabalhador notou que esquecera o cachimbo no buraco. Ao descer para pegar o objeto, imaginem, a obra desabou. Um jornal, pertencente a inimigo político do então prefeito da cidade, publicou notícia criticando a qualidade dos serviços. A manchete venenosa: "Operário esquecido troca a vida por um cachimbo". Meu avô materno contava essa história repetidas vezes. Pudera! O azarado calabrês era seu pai, ou seja, meu bisavô, que o desti, ops, o desmoronamento me impediu de conhecer.

Cabeçadas

Muita gente atolada em livros, pesquisas, clínicas e hospícios anda por aí doidinha para decifrar como funciona nossa cabeça. Não a parte física, visível, e, como regra, dura, mas, sim, a mental, essa grande incógnita.

Mas as escolas de psicanálise (freudiana, lacaniana e tantas outras que há) sabem que, por enquanto, estão longe da descoberta dos mistérios ainda escondidos nos desvãos do nosso psiquismo.

Da minha parte, mais por ignorância do que desconfiança, acredito que esses pesquisadores querem, primeiro — e lhes dou razão —, decifrar o mecanismo de funcionamento da própria cabeça, livrá-la de obstinadas maluquices.

Houve algum tímido sucesso nessa busca, claro. Por exemplo, já não se questiona que o mentiroso, ou quem faz alguma coisa errada, é traído por seu olhar e por seus gestos, semelhantes aos do cachorro quando faz cocô na igreja. Essa máxima, antes que alguém levante a questão, não se aplica à maioria dos políticos. Estes senhores e senhoras são imunes a exames tendentes a pegá-los na mentira. Na verdade, para esse fim eles nem precisariam ser submetidos a qualquer teste, porque, embora não admitam, na testa de quase todos eles brilha a palavra mentiroso, para dizer o mínimo.

Evito que lhes ardam mais as orelhas — deixo de lado os políticos e volto aos estudiosos do comportamento humano. Malgrado os esforços por eles despendidos, com uma ponta de tristeza somos obrigados a reconhecer o óbvio, o inquestionável, o fato de que ainda não se apresentou aos holofotes a inteligência capaz de fazer, sem qualquer dúvida ou titubeio, e sob palmas e assobios, a seguinte afirmação: "Assim é a mente humana, e não se discute mais isso". Conformemo-nos. Fazer o quê? A psicologia nos dá uma força, é certo. Mas enquanto o homem ou a mulher de tamanha sapiência não aparece, fica difícil imaginar a quem poderemos recorrer quando somos aprisionados por sensações e pensamentos esdrúxulos e angustiantes.

Quem nunca foi assombrado pelo *déjà-vu*? Eta sensação estranha! O que acontece com nossa cabeça quando tudo em volta nos dá a impressão de estarmos revivendo a cena presente, emoções já sentidas, os mesmos cheiros, a mesma paisagem, as mesmas vozes? A coisa é tão angustiante que às vezes sentimos até taquicardia.

Prestem atenção ao seguinte, se nunca repararam. Por que algumas mulheres jovens, dessas cientes da sua beleza e sensualidade, entreabrem os lábios quando marmanjos as olham gulosamente, babando? Será que ao abrir a boca um tiquinho as garotas emitem algum sinal de censura ou aprovação à atitude do ocular paquerador?

E o que dizer da burilada que o tempo faz às experiências ruins vividas no passado? É curioso. Fatos que nos fizeram sofrer muito, depois, no futuro, enchem-nos de saudades como se tivessem sido acontecimentos felizes.

O serviço militar obrigatório, por exemplo. Existe coisa pior do que essa? Os jovens (quase sempre os mais pobres) são obrigados a sair de casa para receber impropérios de sargentos; comer o que lhes servem — não o que gostam —; lavar privadas e arrastar-se na lama. Mas um dia, décadas após o juramento à bandeira, antigos amigos de quartel se encontram para umas cervejinhas e a reunião vira aquela choradeira de saudades.

Quem entende por que isso acontece? Se ainda o choro fosse de saudades dos dezoito anos, tudo bem. Mas não, o papo que rola é sobre o fuzil tal, o sargento tal, o soldado tal, e buáááá.

Desejo de aventura é inerente aos jovens. Sabemos disso sem a ajuda de estudiosos da cabeça. Mas entrega-se a incerta peripécia o moço que, sem emprego ou escola previamente arrumados, deixa a casa dos pais e desembarca na estação de uma cidade grande, pega a mala e sai à procura de um pensãozinha barata. Mas uma coisa devemos admitir como correta: seria pior se ele batesse à porta de um parente.

Passado o sufoco inicial, é induvidoso que o jovem aventureiro vai sofrer por uns tempos. Mas, anos depois, desconhecida química mental transformará as doídas experiências numa lembrança agradável. As febres que sentiu, a falta de dinheiro, os amores não correspondidos, tudo isso ficará de fora quando no futuro baixar uma saudade, distorcida pelo triturador de memória que é o tempo.

Interrompo essas quase delirantes divagações por aqui. Embora não seja loucura seguir adiante, veio-me à mente que os especialistas em cabeça sempre dão um jeitinho de nos lembrar da proximidade do fim da sessão.

ESCAPE

O refeitório do hospital psiquiátrico estava estranhamente silencioso na última tarde do ano. Algumas mulheres jantavam em uma mesa menor do que as demais e sussurravam entre si. O assunto era a generalizada folga concedida aos enfermeiros, que, a rigor, não passavam de cruéis vigilantes vestidos de branco. No calorento anoitecer, irritados por terem que trabalhar na véspera de Ano Novo, apenas um rapaz e uma moça faziam a guarda.

De repente, ouviu-se um grito: "Estratégia". Era a senha. O rebuliço que se seguiu assustou a copeira, quando esta servia as bananas já descascadas — a sobremesa de sempre. As internas, enfurecidas e barulhentas, atacaram o casal de vigilantes com cadeiradas nas costas e na cabeça e sem dificuldade fugiram do asilo, após destruírem o único telefone que havia no hospício. Os empregados da cozinha discretamente aplaudiram a coragem das mulheres.

O irmão de uma das revoltosas, ele também antigo fugitivo do mesmo estabelecimento, esperava-as com o motor da *van* ligado. Deixaram o local em alta velocidade, com o som do veículo tocando canções do Roberto Carlos.

Do pé de serra, onde ficava o hospital, até a chácara escolhida para esconderijo, iriam viajar ininterruptamente mais de 100 quilômetros. Eles queriam aproveitar o pouco movimento noturno da estrada para fugir o quanto antes daquele inferno.

Na *van* também se encontrava um rapaz, que se identificou como repórter *freelance*. Foi ele quem logo interrompeu a algazarra e puxou conversa séria. Até então as mulheres não tinham feito outra coisa exceto beber cerveja, cantar e comer sanduíches de salaminho com provolone.

Aos poucos, elas contaram ao repórter detalhes a respeito da rotina do hospital. Dentre outras informações, disseram que os enfermeiros costumavam perguntar aos internos de ambos os sexos, sempre os mais jovens, se estes, além dos problemas mentais, sofriam de outras doenças. Daqueles que respondiam negativamente, os funcionários colhiam sangue alegando tratar-se de mero controle hospitalar. Passado algum tempo, de vez em quando um dos internos que afirmaram ter boa saúde era levado à enfermaria, de onde voltava alguns dias depois com um curativo nas costas.

Ao ouvir que, ocasionalmente, o interno levado à enfermaria nunca mais voltava, o repórter ficou agitado. Da agitação passou ao inconformismo quando soube que os enfermeiros ganhavam pouco, mas sempre apareciam de carro e relógios novos, joias e viajavam com frequência para Miami e Orlando.

As rádios da região, logo após a fuga, e os jornais, no dia seguinte, começaram a noticiar o ocorrido. Eles caprichavam nas tintas e nos verbos, descrevendo as mulheres como "doentes mentais de alta periculosidade; destituídas de qualquer discernimento a respeito do que é bem ou mal".

Nos sucessivos dias que passaram na chácara, as fugitivas aos poucos perderam o aspecto desleixado, a tremedeira, a impulsividade e dormiam sem ajuda de qualquer remédio, a não ser cerveja e cachaça.

O repórter, sempre irrequieto, ocasionalmente aparecia na chácara acompanhado de pessoas que se apresentavam como médicos. As mulheres, um pouco envergonhadas, esclareciam várias questões formuladas por eles, mas se recusavam a levantar a blusa como lhes pedia o repórter. As perguntas versavam sobre o estado de saúde que elas apresentavam, antes e depois de chegar ao hospital, quem havia autorizado as internações, se a família tinha dinheiro para custear as mensalidades, esses detalhes.

Como era previsível, o estranho movimento na estradinha que levava à chácara despertou a atenção da polícia local. Amedrontadas inicialmente, as mulheres aos poucos começaram a responder ao mesmo tempo às perguntas feitas pelo delegado.

Dentre outras coisas, disseram que o repórter e um dos médicos trouxeram para a chácara um aparelho cheio de botões, com uma espécie de televisão em cima. O repórter rapidamente esclareceu ao delegado o motivo que o levara a interessar-se pelos internos do hospital. Sobre o equipamento mencionado pelas mulheres, disse tratar-se de um aparelho de ultrassonografia, com o qual ele e os médicos comprovaram a suspeita que os atormentava: no hospício haviam extraído um rim de cada uma das fugitivas que apresentavam cicatriz nas costas.

O delegado não se assustou. Há tempos a polícia investigava o tráfico internacional de órgãos humanos. Mais tarde, ao escrever sua matéria, o agitado repórter gritou: "Desgraçados". Ele se lembrou dos internos desaparecidos, de quem, concluiu, deviam ter arrancado também o coração ou outro órgão vital transplantável e, depois, dado um fim no que restou do corpo.

Come-quieto

A maioria dos nossos dicionários registra um termo pejorativo usado por quem decide alfinetar tímidos, medrosos e assemelhados. Lembrei-me disso ao ler matéria a respeito de Jerome Kagan, famoso psicólogo e professor americano. Resguardado o devido respeito ao cientista, a palavra grosseira a que me refiro assemelha-se muito ao sobrenome do estudioso.

É risível, mas o termo chulo em questão nos traz à cabeça curiosa coincidência: uma das atividades do psicólogo é o estudo da timidez. Assim, entre nós, brasileiros, não há de faltar quem enxergue no sobrenome do americano exemplo de sofredor de um dos distúrbios por ele pesquisados.

Um estudioso com respeitável nome no meio acadêmico, como o dr. Kagan, não iria sair por aí falando coisas insensatas. Mas, confesso, não aceitei bem as lições do cientista, professor da universidade de Harvard, quando sustenta que a timidez é inata.

Não sei, não. Há pessoas que passam a infância escondidas embaixo da cama e depois, crescidinhas, fazem de tudo para aparecer, causar, como está na moda dizer. O oposto dessa afirmação também ocorre com regularidade.

E por falar em infância, nas lojas de brinquedos e eletrônicos podemos facilmente distinguir uma criança já tímida, pobrezinha, de uma extrovertida. Enquanto esta bate os pés e as mãos e exige a novidade mais vistosa, mais cara, aquela não consegue escolher nada e começa a derreter-se em prantos.

Na escola os tímidos sofrem desde os primeiros dias. Levam cacholetas nas orelhas, roubam-lhes os lanches, recebem apelidos maldosos e por aí afora. Um adolescente tímido, com um simples e envergonhado olhar, lança convites irrecusáveis para tornar-se vítima do moderno *bullying*, outrora chamado zombaria, agressão etc.

Pode até acontecer de um tímido acometer-se de anseios que para ele sejam difíceis de alcançar. Tornar-se político, por exemplo. Mas pedir votos, fazer campanha, ainda mais para ele mesmo? Imagine... Um autêntico acanhado não consegue fazer isso. Não passa pela encalistrada cabeça dele tanta ousadia, principalmente pela cara de pau que um candidato precisa ter para tentar eleger-se.

Um tímido quando muito sai do seu esconderijo para ser síndico de prédio. E isso porque, embora sendo eletivo, por falta de candidatos esse cargo quase sempre sobra para o ressabiado, sem voz ativa suficiente para recusar o abacaxi.

Bem, vou parar de expor só os comportamentos negativos dos tímidos. Pelo longo tempo de luta consigo mesmo, o tímido consegue acumular força interior suficiente para esquivar-se das bordoadas que a vida tenta lhe impor. Muitos deles, um belo dia, calmamente assumem a timidez. Como ocorre com gays enrustidos, saem do armário, deixam de sofrer e passam a desfrutar das vantagens que o acanhamento tem ao ser comparado à extroversão.

A modéstia é outra qualidade cultuada pelos ressabiados. Essa característica, ao contrário de eventualmente melindrar as pessoas, faz com que estas se aproximem e se sintam bem ao lado de um tímido bom caráter. Os tímidos pensam antes de abrir a boca e sair por aí contando lorotas, como fazem os parlapatões. Estes, geralmente grandes chatos, não se pejam de agigantar suas duvidosas virtudes e aptidões. Um tímido moderno, atualizado, conhece bem a escritora americana Susan Cain. A mulher, além de ser uma gata, dá incitantes palestras, nas quais enaltece a capacidade e as qualidades das pessoas introvertidas. Ela e seu patrício, dr. Kagan, são mestres no assunto.

Como ninguém é de ferro, ocasionalmente algum tímido toma umas a mais e fala bobagem, faz merda. Quando isso acontece, no dia seguinte ele acorda mortificado. A ressaca de um tímido é moral, psicológica, assemelha-se ao remorso. Ele não se cansa de perguntar a si mesmo coisas parecidas com isto: "Meu Deus, como pude contar pra ela que uso cueca samba-canção?".

É penoso para um tímido revelar suas habilidades, seus conhecimentos, seus anseios. Confessar que está apaixonado, então, é um martírio. Esse acanhamento induz os poucos e bons amigos do tímido a confiar-lhe segredos, certos de que o amigo envergonhado não os espalhará.

O tímido, sendo um indivíduo discreto e quase sempre inteligente, costuma manter elegante comportamento social. Ele não alardeia a esmo, por exemplo, as vantagens e conquistas que obtém, principalmente as amorosas. Por tudo isso, não duvide, o tímido é um legítimo exemplar dos lendários come-quieto.

A CEVA

Serei alvo de provocações, não há dúvida. Mas eu e meu otimismo continuamos convictos de que ainda não sou velho. Não me refiro à idade cronológica, aos carnavais que vivi. Desses insignificantes detalhes qualquer documento de identidade dá conta do recado. Refiro-me às derrocadas físicas e mentais, e confesso que essas mazelas me causam pesadelos. Por isso, quando acordo de manhã recupero a alegria ao notar que tudo não passou de sonhos ruins. Feliz, examino a agenda do dia e vejo-a cheia de sérios compromissos, como, por exemplo, visitar a senhora do oitavo andar e levar um presente para a netinha dela, uma gata de vinte e poucos anos.

A memória, conservo-a nos trinques. Lembro que, pouco a pouco, fui deixando de lamuriar desejos não experimentados. Um deles era morar numa casa com sótão. Um espaço só para mim, onde, além de mil outras coisas, eu pudesse pendurar na parede uma foto dos Beatles.

Conformei-me com o fato de tudo isso ter ficado só na vontade, porque as casas onde morei sempre foram simples. Algumas tinham um quintalzinho acanhado, e nenhuma pertenceu aos meus pais, todas eram alugadas.

Revelo agora um segredo: da maioria das casas simplesmente fugimos. Sim, tarde da noite demos no pé sem pagar, por falta de dinheiro, muitos meses de aluguéis vencidos e somas de cadernetas de fiado. Seu Dito, amigo do meu pai e dono de um caminhãozinho, era cúmplice inocente das nossas fugas. Verdade que ele devia estranhar essas sorrateiras mudanças noturnas. Mas em prol da velha amizade fingia-se de simplório e desavisado.

E assim, de escapada em escapada, quantas vezes ele nos levou a um bairro diferente. Neste novo endereço, mais um proprietário de imóvel e mais um dono de armazém, coitados, iriam amargar outra provável fuga da nossa família. Mas isso, como será esclarecido, não constituía qualquer afronta aos direitos dos credores.

Para mim, um menino sonhador, como a maioria das crianças é, essas apressadas mudanças literalmente levavam-me ao céu. Deitado de costas na carroceria do caminhãozinho cheio de móveis e cacarecos, segurando um vira-lata assustado, eu não tirava os olhos das estrelas.

As sucessivas escapadas apenas formalmente revestiam-se de verdadeiro calote, de assumida desonestidade. No fundo, o âmago da questão podia ser entendido como legítima defesa, oposta – como hoje também se faz mais amiúde (lembrei-me de *Geni e o Zepelim*, do Chico) – pelo hipossuficiente contra o lídimo proprietário do imóvel e o probo comerciante, no dizer empolado dos causídicos.

Da maneira como parcialmente tentei justificar os inocentes logros, alguém pode ter a falsa impressão de que meu pai era pobre. Nada mais enganoso. Ele era rico sem nunca ter visto uma nota de dólar. Sua riqueza não era medida em dinheiro, mas, sim, em grandezas mais valiosas, como alegria, gratidão, companheirismo e humildade.

Já é tempo de uma tia velha entrar nestas memórias. Titia, respeitável professora primária viúva e aposentada, sempre desempenhou papel importante na fixação das nossas sucessivas e breves residências. A parte que lhe cabia nos calotes era precedida de meticuloso planejamento, aperfeiçoado com frequência em razão das contumazes mudanças: à querida tia era reservada a delicada tarefa de abrir a caderneta de fiado nos armazéns, quitandas, padarias, açougues e até nas farmácias, além de pagar o primeiro mês de aluguel e as demais contas.

Titia desincumbia-se muito bem desse trabalho, com o emprego da técnica que ela mesma apelidara de "a ceva". Era simples o estratagema por ela usado: depois de abertas as cadernetas, o que era usual na época, com sua aposentadoria titia pagava, como dito acima, as contas do primeiro mês. Mas a partir daí, pobres dos credores. Tudo o que conseguiam receber não passava de um misto e criativo enredo composto de choramingos e desculpas.

Ao elencar os comerciantes tungados, não mencionei os donos de botequins. Para estes meu pai nunca ficou devendo um tostão. Além disso, eles não se negavam a fornecer ao meu velho uma carta de boas referências sociais e creditícias, documento útil para outra futura fixação de moradia.

Imagino que até hoje as técnicas outrora empregadas por meu pai ainda sejam usadas: nos primeiros dias de novo bar ele distribuía piadas, sorrisos, apertos de mão e pagava cachaça para todo mundo. Feito esse investimento, era batata, jamais faltava alguém que fizesse questão de lhe pagar as doses de conhaque e as cervejas diárias.

Troca de pele

O vestido longo e preto caía bem na mulher. A julgar pela aparência, ela devia ter 50 e poucos anos. Era loira, magra, alta e bonita. Ela até podia ter evitado aquela maquiagem pesada que lhe dava aspecto sobrenatural.

Duas horas da madrugada. De costas para o Conjunto Nacional, ela olhava fixamente para o céu. Ou seria para o topo dos prédios do outro lado da avenida? O farol abria e fechava e a mulher lá, parada, olhando para o alto.

De repente, a loira agita o braço esquerdo e com esse gesto a pulseira metálica cheia de penduricalhos que ela usa faz um ruído intermitente e agudo. Alguma coisa a incentivou a atravessar a Paulista e descer a Rua Augusta, em direção ao centro da cidade.

Nesse exato momento, no Largo da Concórdia, um senhor também vestido de preto recebe o sinal previamente combinado com a loira. Era certo que eles haviam se comunicado. Mas de que jeito? Quem sabe pela posição das estrelas, ou pela luz da antena mais alta da Paulista. Usaram coisa mais romântica do que o banal celular. Algo assim: na hora xis, após 21 cintilações da luz da antena, dariam a largada. Ela, desceria a Augusta; ele, a Rangel Pestana. Ela, branca, quase transparente; ele, negro demais, lustroso.

Beijaram-se no bar em frente ao antigo prédio do Estadão. Comeram sanduíches de pernil, beberam cerveja e cada um falou jocosamente sobre o perfume que o outro usava. "Que cheiro..." "Bom?" "Nossa, com certeza; demais da conta".

Mais tarde, na Praça da República, alguns travestis visivelmente drogados mexeram com o casal e gargalharam debochadamente: "E aí, veios, vão comer mingau de aveia, vão?".

A Rua do Arouche fedia. As lojas fechadas com as portas pichadas realçavam o ar de decadência. O restaurante Gato que Ri estava lá, no largo, como há décadas, com o sorriso maroto do felino estampado na entrada.

Mendigos deitados na calçada pediram esmola ao casal. A loira arrancou uma nota de dez das mãos pródigas do companheiro, já meio bêbado, e trocou-a por uma de dois. A madrugada estava fresca e ajudava a caminhada. E como eles riam...

"Que cheiro bom. É você?". "Não, é você". Mais adiante avistaram o edifício de tijolo aparente. Haviam chegado ao hospital. Dezenas de pessoas aguardavam atendimento no pronto-socorro. Ansiosos, olharam para os lados e em pouco tempo localizaram a mulher encarregada do assunto que os levara até lá.

Uma faxineira magérrima, com os olhos fundos, deu sinal para eles com o dedo indicador direito. Enquanto a mulher os conduzia para um estranho sobrado fora do hospital, ela se lembrava de seu barraco na favela. Lá do alto ela avistava as luzes do centro da cidade. Na TV, quando lhe sobrava tempo, gostava de ver novelas e reportagens sobre crimes; os lábios carnudos de um ator, o choro da mulher traída, a avareza, a futilidade, essas coisas da vida, enfim. Antes de dormir ela tomava chá de cidreira, que a acalmava e a fazia sonhar com um apartamento na cidade, um quarto, sala e cozinha, perto das luzes, do hospital. Mas agora esse sonho já estava "quase no papo", ela pensava. A "grana preta" recebida do casal, descontada a parte do maluco que inventara o aparelho, ia dar conta do recado.

A máquina que a mulher indicou ao casal assemelhava-se a uma grande bacia com um líquido azul-marinho dentro. Em cada um dos sete degraus que levavam ao topo do tanque estava escrito AINDA É TEMPO. Eles se despiram, abraçaram-se e sem qualquer constrangimento entraram na banheira.

A faxineira apertou um botão; o líquido começou a borbulhar e o cômodo encheu-se de fumaça. Sentados, com os braços erguidos para cima, eles não demonstravam medo, mas, sim, muita calma. Aos poucos, os corpos foram desaparecendo, desaparecendo até sumirem envoltos por um vapor azulado.

Na noite seguinte, em Las Vegas, num daqueles cassinos que

nunca sabemos se são alegres ou tristes, a mão agora negra da ex-loira tocava com carinho as faces brancas, levemente rosadas, do homem. Rindo muito eles apostavam na roleta, sempre fazendo troças com o perfume que usavam.

Trôpegos, abraçados e bêbados, o dia já estava amanhecendo quando saíam de um cassino em direção a outro. Os ruídos da cidade não foram suficientes para abafar os gritos de alguns rapazes: "Pega, pega a negra primeiro". Na ambulância, ambos ensanguentados, o homem disse à mulher: "Não avisei? Sentiu na pele o que sempre sofri? Hoje à noite, se me derem alta, aqueles branquelos me pagam. Vou matar um por um, ah, se vou".

A revolta dos tigres

Naquelas festas pomposas, serviçais circunspectos e de luvas brancas fingiam não sentir cansaço de tanto servir petiscos, vinhos e outras bebidas. Os rapazes saíam embriagados dos bailes palacianos. As moças, para não contrariar os aristocráticos pais, não bebiam nada de álcool. Mas nos cantos escuros dos imensos jardins elas permitiam tudo, até certo e variado limite, aos namorados bêbados, quase todos com o sabre balançando descontrolado.

A coisa começou a melhorar décadas, séculos depois. Poucos limites continuaram imutáveis. E, ao contrário do imaginado, os prazeres libertos descuidadamente pela abertura dos costumes perderam muito da intensidade e sabor dos tempos em que estavam enclausurados na rançosa hipocrisia.

Ai de quem, naquela época, sofresse de tristeza ou ansiedade crônica. Estas doenças não tinham cura, como, aliás, ainda hoje não têm. Hospícios, masmorras e por último choques elétricos eram os ansiolíticos disponíveis. Os males menores da alma passavam em branco. A angústia, o medo, a insônia, para tudo isso, a não ser rezas, não havia tratamentos adequados.

A Londres de 1888 vivia assustada. Não faltavam vozes a sustentar que Jack estrangulava e retalhava as moças porque não havia mamado nas tetas da mãe o tanto de leite suficiente para, no futuro, impedi-lo de transformar-se num adulto desequilibrado.

Jack, ou seja lá qual for o nome correto do monstro, levava aquela vidinha cuja monotonia só era quebrada com o grito das vítimas. Por isso, de vez em quando, uma folha de jornal em que o peixe frito e as batatas haviam sido embrulhados trazia a notícia de mais um crime atribuído ao facínora. Os suspeitos, coitados, morriam de medo, pois conheciam o destino que a justiça daqueles tempos reservava aos pervertidos e aos assassinos contumazes.

Londres e Paris eram fedidas. Jogava-se o conteúdo dos penicos direto das janelas dos casarões para as ruas, o que horrorizava os transeuntes distraídos. Patrick Süskind, no romance *O Perfume*, cuida bem desse assunto.

No Rio de Janeiro havia carregadores de excrementos humanos. Eles (escravos, claro) eram chamados de tigres. Ganhavam esse nome porque filetes de urina e fezes escorriam das pipas e com o tempo e a ação do sol, num triste contraste, formavam listras brancas na pele negra dos infelizes. Daí a comparação com os listrados felinos. Há quem sustente que tigre era o nome das pipas de madeira nas quais os dejetos eram transportados sobre a cabeça dos negros. Esse detalhe, porém, em hipótese alguma ameniza a crueldade do trabalho repugnante imposto aos escravos.

Interrompo um pouco o relato desses conhecimentos, adquiridos e confirmados em fontes diversas, para fechar a janela. Há um cão ladrando demais na rua. Pronto, já não ouço o barulho que me incomodava. Mas apenas o baixo isolamento acústico que a janela fechada proporciona seria o motivo pelo qual deixei de ouvir os latidos? Ora, um vira-lata solto por aí não deixaria de latir só para que eu continuasse a escrever sossegado.

Não posso descartar a hipótese de o cão ter sido enfeitiçado pelo som produzido pelo ukulelê da moradora bronzeada do primeiro andar. Ela trouxe o instrumento do Havaí, junto com um rapaz tatuado que não faz nada o dia inteiro, a não ser quando eles trancam as janelas e outros ruídos e gritinhos — diferentes de latidos — ecoam na vizinhança.

Em paz novamente. O barulho do cão e o provável ukulelê da vizinha não me preocupam mais. Voltei a pensar nos pobres carregadores de excrementos. O que passava na cabeça deles quando sentiam nas costas a umidade provocada pelos filetes da sujeira nauseabunda? O ódio com o qual construíam sua revolta era urdido na língua que foram obrigados a aprender ou ainda chorado em seus dialetos africanos?

Hoje, nos bairros bem cuidados das cidades há esgoto, água e serviços de limpeza. Mas como lidam com essas necessidades básicas os moradores das favelas, nas quais os olhos das autoridades nunca chegam? Como e onde esses cidadãos, vítimas de enchentes, mosquitos e outras pragas, abastecem suas caixas d'água, se os rios que circundam suas casas são insalubres cursos de fezes e urina? Os fedorentos riachos da periferia das grandes cidades, em nossos dias, são os tigres de antigamente.

Guardadas as poucas exceções, os favelados desassistidos de hoje, de certa forma, são os herdeiros da dolorosa labuta dos tigres de outrora. Eles não mais carregam sobre a cabeça barris cheios de excrementos, mas levam na alma a dor da exclusão; e esta, tenham certeza, um dia se transformará numa irrefreável insurreição.

CREDO EM CRUZ

Todos os povos têm lá suas superstições e crendices. Algumas delas são próprias de determinadas regiões e países; porém, por motivos não bem conhecidos, um mesmo tipo dessas crenças populares apresenta-se comum a povos de culturas bem diversas entre si. A afirmação pode parecer exagerada, mas não é.

As crendices populares nascem e se transmitem com fortes perfis democráticos, sem qualquer preconceito. Elas abrangem os mais diversos assuntos, dentre os quais, como exemplos, podemos citar números, objetos, emoções e sensações, animais, astros, acidentes geográficos, e por aí vai.

Corujas, morcegos e cobras encabeçam a lista das superstições relacionadas com animais. Está na cara que serpentes e morcegos merecem figurar no topo dessa lista. E as corujas? Várias crenças que demonizam as coitadinhas são de origem europeia e foram disseminadas nos primórdios da colonização, sempre associadas a histórias malignas. Que espanto elas causam quando giram horizontalmente a cabeça num ângulo de 180 graus de ambos os lados. Essa habilidade, é óbvio, lhes permite visualizar tudo o que está ao redor delas. É provável que elas tenham aprendido a fazer essa checagem completa com o intuito de se livrarem de pedradas e das garras de outros bichos. O movimento do pescoço das corujas nos traz à lembrança uma das cenas mais assustadoras do filme *O Exorcista*: o momento em que a menina possuída pelo diabo, grunhindo, vira a cabeça totalmente para trás.

Vassouras são alvos seculares de crendices, também comuns a vários países. No conhecido poema *O Aprendiz de Feiticeiro*, de 1797, Goethe imagina peripécias incríveis praticadas por um esfregão descontrolado, após este objeto ter sido enfeitiçado pelo ajudante de um mágico.

Uma das crendices mais comuns sobre vassouras garante que colocar uma delas de ponta-cabeça atrás da porta tem o poder de afastar visitas indesejadas. Está aí uma dica para quem não gosta de jogar conversa fora.

Hoje em dia há eletrodomésticos para quase tudo. Mas a vassoura continua aí, firme, cumprindo sua valorosa função primeira e inspirando outras utilidades até mais nobres.

Em caso de mudança de casa, os novos moradores devem decidir se querem manter a rotina de sempre ou começar outra vida. Para a primeira hipótese, a faxina inicial da casa deve ser feita com vassoura usada; para a segunda, já perceberam — vassoura nova. Há mais um detalhe: o lixo, nos estabelecimentos comerciais, não deve ser varrido de dentro para fora; mas, sim, da porta para dentro, onde é amontoado e recolhido.

Não custa nada acrescentar que as caricatas e antigas bruxas, mesmo ostentando verrugas peludas no nariz, seriam vistas apenas como estranhas velhinhas vestidas de preto se lhes tirassem as voadoras vassouras.

Além de ser instrumento de limpeza e outras utilidades, a vassoura é tida como hermafrodita, uma estranha conjunção do masculino e do feminino juntos no mesmo corpo. Esse desavergonhado objeto faz autossexo explícito e em público. Aqueles cabos viris, eretos, sempre penetrados nas cerdas fofas amarradas triangularmente, mexem com a cabeça das pessoas.

A mistura de limpeza, sexo e sujeira fez da vassoura um quase universal objeto de superstição. Varrer altas escadarias é penitência. Com a vassoura na mão e o olhar nos degraus, o penitente acredita estar limpando sua alma de pecados reais e imaginários.

A hipocrisia, horrível sentimento eterno e universal, tem relação direta com vassouras. Fala-se muito, varre-se ainda mais; põe-se muita coisa pra fora e nada fica limpo. Sempre ficam grossas camadas de sujeira dentro da cabeça.

Voltemos às bruxas. As modernas não se vestem de preto e têm o nariz corrigido cirurgicamente. Elas preferem voar de

Ferrari Testarossa a ridículos ziguezagues aéreos montadas em vassouras. Julgam-se cultas porque leem antigos manuais de bruxaria, mas não conseguem entender as receitas dos encantos apropriados para arrumar ou afastar maridos. Asas de mariposa... O que é mariposa? Água de ribeirão... O que é ribeirão?

A faxineira, que todos os dias varre o chão do prédio chique onde trabalha, com o passar do tempo, pouco a pouco vai deixando de sorrir. Afinal, do que ela iria sorrir, se seu desejo é rachar, com uma bela vassourada, a cabeça do síndico arrogante? Mas a pobreza a contém, a cadeia a assusta. Dentre outros questionamentos, há o principal: quem pagaria a mulher que toma conta do filho da faxineira no barraco, de onde, espremida nos ônibus, ela leva três horas para chegar ao odiado trabalho?

Libertador, o super-herói

Sobre um grande envelope branco, no lado esquerdo de quem se senta à mesa de um escritório doméstico, repousa suada latinha de cerveja. Em volta dela, marcados no envelope, há inúmeros círculos úmidos. Nota-se também que alguns desses círculos invadem parcialmente o espaço de outros, formando um desleixado conjunto disforme de marcas redondas. Estas, sem dúvida, atestam que a lata de cerveja, molhada pela condensação da água do ar, muitas vezes tinha voltado da boca de quem a bebia para a superfície do papel branco, mas colocada em local diferente dos anteriores.

Um invisível observador, postado bem próximo da mesa do escritório, poderia começar com as palavras acima a narração do que via. Por não ter nada mais importante a fazer, o abelhudo valera-se de um dos seus superpoderes e, sem dificuldade, atravessando paredes, entrou em casa alheia, onde uma mulher bebia cerveja em frente a um computador. Lá, com um leve sorriso, o sobrenatural visitante observava a moradora.

Os círculos feitos pelo fundo das latinhas de cerveja talvez não significassem nada, além de que, depois de sucessivos goles, a mulher não se preocupou em colocar — e nem precisaria — a lata de volta no exato local de onde a tirara.

Esse fato era evidente, mas não outro detalhe que as inúmeras marcas do papel também possibilitavam intuir: os decalques tinham sido deixados apenas por uma, ou por várias latinhas de cerveja? A dúvida não é destituída de importância. Do esclarecimento dela decorrem conclusões díspares a respeito do estado de ânimo em que se encontrava a mulher.

Se ela tivesse bebido apenas da lata ainda sobre o envelope, a conclusão era de que a mulher estava calma, saboreando a cerveja em pequenos goles. Ao contrário, se as marcas do papel decorressem de várias cervejas anteriormente bebidas, isso poderia denotar que a mulher bebia sem prazer, tomada por emoções que lhe atacavam os nervos de forma angustiante.

Ao observador seria fácil examinar a lixeira ao lado da mesa e certificar-se se dentro dela havia latas de cerveja vazias. Mas o sobrenatural visitante quis também valer-se de outro dos seus superpoderes: saber deduzir com precisão. E no presente caso ele concluiu que não era importante saber se a mulher estava bebendo a mesma cerveja, ou se ela já bebera outras. Na verdade, a moça não estava bem, ele concluiu. Teve fundamental importância nesse julgamento o fato de haver, no outro lado da mesa, um cinzeiro de vidro repleto de pontas de cigarro, muitas delas ainda fumegantes. Mas a mulher parecia não se incomodar com isso. Ela acendia um cigarro atrás do outro e ainda, trêmula, ocasionalmente derrubava o isqueiro no chão.

Convém deixar claro que os superpoderes de transfixar paredes e de invisibilidade revelados pelo observador eram inquestionáveis; mas não o de, no presente caso, deduzir com segurança, atributo este inato às pessoas de bom senso. Ora, quem iria deixar de reconhecer que uma pessoa não está bem, na hipótese de ela ser vista tremendo e fumando descontroladamente?

O fato de ser capaz de atravessar paredes, nos moldes de D.L. Hawkins, da série *Heroes*, e a invisibilidade do observador deram a este credibilidade incontes te. Essa verdade não podia ser diminuída só porque ele se igualou a pessoas comuns e sensatas ao notar que a mulher estava transtornada.

Semelhante raciocínio podia ser usado para engrandecer o observador, quando, de novo, ele revelou possuir sentimento que deveria estar mais presente nas pessoas destituídas de superpoderes: solidariedade. O observador num átimo aproximou-se da mulher para mentalmente ajudá-la, porque, aos gritos, ela demonstrava ter perdido o pouco controle que ainda mantinha. Mas, de repente, ela se acalmou sem que ele precisasse fazer qualquer coisa para socorrê-la. Em seguida, ela se levantou da cadeira e deu um profundo suspiro; depois, olhou e acariciou fotografias penduradas nas paredes, caminhou até a janela do escritório e a abriu.

O observador, também dotado do superpoder de voar em velocidade surpreendente, amparou a queda da mulher, impedindo o mortal impacto do corpo com a calçada, vazia àquela hora da madrugada.

No outro dia, ela acordou sem se lembrar de nada. A mensagem de adeus que ela havia deixado no computador desaparecera. Na tela agora corria a frase "Ele libertou você da culpa".

— Ele quem? Que culpa? — ela se perguntou, espreguiçando-se e com ares de ter dormido muito bem.

MEIA-SOLA

Dentre os inúmeros estragos físicos e psíquicos que o passar do tempo impõe às pessoas, muita coisa há além das perdas normais, como, para ilustrar, cabelos, vigor, memória, visão e audição. Às vezes, uma perna ou um braço também são perdidos precocemente. Mas isso é outra história.

O rol das perdas naturais é extenso. Um bom exemplo são os dentes. Coisa mais triste que é, aí pelos 30, 40 anos, ver um bonito incisivo bambear com um simples empurrãozinho feito com o indicador. Curioso é que nem lembramos ao certo do medo, das superstições e das brincadeiras envolvendo a perda dos dentes de leite, cujo destino é parecido com o das borboletas: viver pouco, encantar e morrer. Aquela imaginada por Machado de Assis, no capítulo XXXI de *Memórias Póstumas de Brás Cubas*, teve a breve existência subtraída por um golpe de toalha. Depois de morta, a coitadinha levou um piparote e serviu de alimento às formigas. Toda essa maldade só porque, nas desculpas dadas pelo póstumo memorialista, a pobre era preta e não azul.

De volta aos dentes, às vezes um simples tombo nos arranca um belo e sadio canino antes do tempo de vida que lhe fora destinado. Hoje, a odontologia permite implantes de dentes artificiais. Mas isso é para quem pode dispor de muito dinheiro para custear o tratamento. De qualquer forma, devemos dar graças a Deus por terem, há muito tempo já, inventado a dentadura, que, com algum sacrifício, podemos pagar a prestações.

Por favor, não riam de uma vergonhosa verdade relatada a seguir . É comum, e isso não ocorre somente nos grotões do país, a prótese ser obtida de graça. Políticos não muito confiantes no futuro resultado das urnas, com frequência reforçam suas expectativas de vitória oferecendo, em troca de votos, vistosas *pererecas* aos eleitores. O problema é que, nem sempre, as dentaduras ofertadas se ajustam bem às gengivas do desdentado eleitor.

A natureza dotou os humanos de muitos caprichos e subterfúgios. Caso não seja sofrido e real fingimento, não se pode descartar que os velhos, pela falta de dentes, prefiram mesmo ralas sopinhas a grossas bistecas.

Com a audição a coisa é parecida. Os sons perdem muito da nitidez e do volume para quem já possui ouvidos gastos. Num exagero de otimismo, porém, Isso até acaba sendo benéfico à rabugice senil, porque livra os velhinhos do matraquear alheio que hoje abunda por aí, principalmente pelo abusivo uso de celulares. Ajudando-nos também nesse inconveniente, a natureza, na sua sapiência, nos dá uma mãozinha. Nossas orelhas, os chamados pavilhões acústicos, crescem com o passar do tempo. Mas isso é pouco. Deveríamos também ter nascido com aptidão para mover e esticar as orelhas, como fazem alguns animais.

No plano psíquico o tempo também costuma fazer suas travessuras. E estas, às vezes, são mais graves do que as impostas à carcaça. Apenas para exemplificar, maduros, quase no bico do urubu, percebemos que as dúvidas, ocasionalmente divertidas e saborosas, sempre nos machucaram mais do que as quadradas certezas. As dúvidas são cheias de altos e baixos, têm pitadas de verdades e mentiras; as certezas não sofrem desse padecimento dúbio. Elas não têm comportamento bipolar. A nós resta aceitá-las e ponto final. Fazer o quê?

Não é experiência agradável, mas não podemos fechar os olhos para certas obviedades. Enquanto caminhamos para frente acumulando firmeza, respeito, bens e experiência, infelizmente não temos — e nunca teremos — o dom de evitar a perda de inúmeros outros atributos úteis e prazerosos oferecidos pela vida.

Chega o dia em que começamos a pensar com mais respeito no fim da caminhada. Algumas décadas de existência nos pesam no lombo. Só então descobrimos algo sempre bem conhecido e que, por estranho sentimento de autodefesa, fingimos não saber: o sobredito caminhar para frente nos leva à sombria vereda; à porta de entrada do inexorável dormitório final.

Nesta altura, notei ter mencionado só perdas notórias. Quis poupar o leitor. Omiti-me de falar sobre as rasteiras aplicadas pelas doenças, o mal maior. Mas não quero que minha omissão chegue ao ponto de ocultar um chorado desaparecimento. Um dia notamos que, pouco a pouco, foi deixando de existir um prazeroso convívio, típico de gente vigorosa, não tão jovem, mas detentora de bem caprichada meia-sola: as turmas de bar. Aí chegamos ao fundo do poço; ao tempo de ficar em casa vendo televisão com a patroa, isso se ela já não tiver se adiantado e viajado primeiro para o desconhecido, de onde ninguém volta.

HÁ CASOS

Admito, com certa culpa e pruridos de vergonha, que, com alguma frequência, tenho cometido erros na vida. Mas como sou um sujeito de sorte, o imponderável desde cedo foi com minha cara. E assim, coisas boas que aconteceram comigo – e não foram poucas, podem acreditar –, devo-as em parte ao meu velho amigo, o acaso.

Não estou confessando inabilidade congênita para os misteres da existência. Apenas externo meu agradecimento ao amigo poderoso que um dia me soprou: "Ei, cara, quanto mais de bom você deixar para trás, mais de ótimo encontrará pela frente".

Com esse e outros ensinamentos, de forma imprevisível, mas responsável, caminho até hoje. Há décadas, quando saí da casa paterna, deixei muitas coisas no interior paulista. Uma das principais foi a parte maior do estômago. E não é que não me arrependo disso? Com a ajuda do meu amigo acaso antecipei-me à cirurgia bariátrica e vacinei-me contra a obesidade, embora não negue que há tempo carrego uma barriguinha de cerveja.

Os fatos não se deram com essa simplicidade, devo assumir. O atual semiamputado órgão, na época em que era íntegro, doía, doía. Numa fria tarde de julho, o bicho, em silêncio e causando estragos, estourou. O cirurgião por sorte encontrado em um hospital público precisou cortar bom pedaço do meu doente estômago. Hoje, coitado, os doutores não o chamam mais por esse nome, mas, sim, por coto gástrico.

Quando me aliviaram do pedaço ruim do bucho não existia essa moderna e necessária preocupação com o lixo hospitalar. É bem possível, por isso, que um urubu ou um cachorro vira-lata tenha comido aquele pedaço ruim de víscera. Que pena. Bom seria se aquele "pedaço de mim, oh metade exilada de mim" – obrigado, Chico – tivesse sido degustado pelos sanhaços que enfeitavam aqueles inefáveis dias de juventude. Mas os pássaros nem carne boa comem; imagine então carne estragada. Fazer o quê? Conformei-me.

Tempos depois as dores quiseram voltar. "Um órgão de certa forma inexistente não pode doer" — disse-me um médico. "O desconforto é emocional, um fantasma do passado". Naquele momento senti um tremor e pensei: "Será que o acaso, meu amigo, me abandonara? Estaria então o danado cobrando de forma retroativa tudo que me fez de bom?". Quando se trata do imponderável nada é impossível. Quem sabe se ele, vendo-me um marmanjão, ligeiramente velho, achou-me enfim pronto para enfrentar a vida sozinho.

"Não, de jeito nenhum", imaginei. "O acaso não abandonaria um cara como eu, sempre obediente ao rumo por ele indicado. Uma amizade assim não acaba sem mais nem menos. Se meu líder, meu chapa, me abandonou foi porque o contrariei ou não entendi alguma pista um pouco menos, que seja, perceptível".

Do meio dessas divagações surgiu um estalo: "Sim, o acaso é onipresente; ele não pode desaparecer". Daí a decifrar a pista foi um pulo. Ora, ora, meu amigo é ubíquo, mas acima de tudo também é imprevisível. A dor que senti no coto gástrico, quer fosse física, real, quer fosse imaginária, um "fantasma do passado", não passara de um conselheiro puxão de orelha: "Se cuida, meu, olhe onde pisa!".

Daquele momento em diante passei a prestar mais atenção a conselhos que tivessem ares de prudência. A despeito de alguns deslizes, mantenho-me firme nesse propósito. Percebi que devia cuidar muito bem do acaso, porque ele também comete distrações. Dentre elas uma perigosa: dar a alguém, de tempos em tempos, algo de certa forma pertencente a outra pessoa.

Relembrem a história recente do Brasil. Vivíamos há duas décadas em uma ditadura militar. Findo este negro período, Tancredo Neves – eleito, ainda que não diretamente pelo povo – baixou num hospital e de lá baixou ainda mais para uma sepultura. O vice José Sarney, orgulhoso atrás dos seus fartos bigodes, sentou-se na cadeira que não lhe fora destinada e, pelo que sabemos, fez gosto na reviravolta.

O acaso caprichou nesse episódio. Acredito até que ele tenha se entusiasmado pelo assunto. Sim, porque depois do bigodudo dois outros vice-presidentes esfregaram as mãos de contentamento, estufaram o peito e aboletaram-se na cadeira até então reservada a outra pessoa.

A morte impediu que o primeiro governo gorado extravasasse seu ódio contra o acaso. Ao contrário, os gritos causados pelos dois últimos apeados do poder ainda ressoam não só nos ares do Planalto Central; mas, sim, nos quatro cantos deste país que poucos — até agora — souberam presidir.

TOCO DE VELA

Segunda-feira, seis horas da manhã. Seu Pepe saiu de casa sonolento e em jejum para fazer exames de sangue. "Merda", ele pensava, "a gente vai ficando mais velho e os médicos pedem montes de exames disso e daquilo só pra encher o saco. Ninguém me tira da cabeça que esses doutores recebem muito dos laboratórios. É tudo corrupção, propina. Igual na política".

Com essa revolta de duvidosa procedência, quem sabe querendo sentir-se ousado, antes de chegar ao destino seu Pepe não resistiu a chamativos salgadinhos expostos em um bar, onde ele entrou e pediu duas coxinhas.

Acomodado em um banquinho encostado ao balcão, ele notou uma mulher gorda de chapéu e óculos escuros, sentada em uma mesa nos fundos do bar, visivelmente bêbada àquela hora da manhã. Seu Pepe não conseguiu entender por que a mulher lhe trazia lembranças de antigas cafajestagens praticadas com amigos em noites de bebedeiras.

Com as coxinhas, o jejum em pouco tempo deixaria de existir. Por isso, como forma de perdoar-se por sucumbir à tentação e frustrar seu compromisso, seu Pepe começou a pensar nas remotas noites de farra. Mas, ainda um pouco arrependido, ele se questionava: "E se eu mentisse às atendentes do laboratório e dissesse estar há doze horas sem comer e beber? Que se fodessem possíveis erros nos exames de sangue".

Detalhes das saudosas noites de bebedeira surgiram na cabeça do homem enquanto ele comia as coxinhas. Ele se lembrou de Sheila, uma garota cujas nádegas avantajadas aguçavam o desejo dos bebuns. Quando ela se levantava para ir ao banheiro, seu Pepe e alguns amigos iam atrás, loucos para agarrá-la. Mas a mulher sempre dava um jeito de escapar aos ataques e de novo, na volta, debruçava-se no parapeito de uma das janelas do bar, dando as costas aos fregueses. A cena assemelhava-se ao famoso quadro "Mulher na Janela", de Salvador Dalí.

Terminadas as coxinhas, seu Pepe, sempre atrevido, puxou

conversa com a gorda bêbada de óculos escuros. Ela não fugiu dele, como costumava fazer a moça das nádegas volumosas, a quem seu Pepe e os amigos incomodavam. A bêbada até foi gentil quando pediu a ele que ficasse um pouco com ela e a acompanhasse em mais uma cerveja. "O jejum já tinha ido pro espaço mesmo", ele pensou ao sentar-se ao lado da moça. Eles beberam outras cervejas, e a cada volta do banheiro seu Pepe via na mulher alguma coisa que lhe lembrava a moça bunduda. Como — fazia no passado, além das cervejas, seu Pepe também bebeu umas cachacinhas.

Algumas horas depois, saíram do bar e andaram abraçados e trôpegos por ruas do centro de São Paulo. Já estava anoitecendo quando entraram em um sobradão da Rua da Glória, na Liberdade.

Em um dos quartos, a moça pediu a seu Pepe que se despisse. Depois, nua também, perguntou ao homem se as veias dele aguentariam a introdução de agulhas para retirada de muito sangue. Ele disse que sim, e logo após a primeira picada seu Pepe começou a voltar ao passado, a um tempo anterior àquele do bar onde a moça das nádegas esculturais excitava os rapazes.

Súbito, amedrontado, ele percebeu que estava na casa onde passara a infância. Assustou-se mais ao lembrar que chegara lá em um barco, sem tocar a água do rio, onde havia peixes e cobras com enormes olhos.

Tudo lhe parecia estranho na casa da mãe. Nada era igual ao tempo em que ele viveu lá. Os irmãos, bem mais velhos do que ele, ainda eram crianças pequenas; logo, ele ainda não podia existir. De repente, a avó italiana, que ele só conhecera por fotografias, porque ela havia morrido antes de seu Pepe nascer, apareceu na sala vestida com uma manta preta que lhe cobria o corpo do pescoço aos pés. A velha olhou-o de forma carinhosa e lhe disse: "*Benvenuto, bambino, mio bambino*".

Mas era impossível que a velha, verdadeira santa, como ele

sempre ouvira dizer, estivesse lhe dando boas-vindas ao desconhecido, simplesmente porque seu Pepe tinha certeza de estar vivo, embora confuso.

E ele não havia morrido mesmo, porque acordou nu e ensanguentado no quarto de um casarão em ruínas. Ao levantar-se, seu Pepe sentiu forte dor no ânus, de onde, com cuidado, tirou um toco de vela puxando-o pelo chamuscado pavio que estava fora do seu corpo. Depois, suado, ele encontrou suas roupas ao ouvir o toque do celular que guardara no meio delas

— Alô? — ele conseguiu balbuciar.

— Oi, Pepe, você não me reconheceu, né? Eu sou a Sheila, seu filho da puta.

SOB NOVA DIREÇÃO

São corajosos e merecem respeito — e consolo — empresários que teimam em reabrir extintos bares e restaurantes. Se as portas se fecharam porque o serviço e a qualidade da comida e da bebida vinham decaindo, então os novos proprietários são dignos também de piedade.

Ainda que a reabertura ocorra no mesmo endereço, sejam mantidos os móveis originais e convocado o antigo pessoal, a nova vida do estabelecimento será diferente da primeira. Contrariando a regra, às vezes alguns restaurantes e bares renascidos se dão bem, como o Brahma e o Riviera aqui em São Paulo. Mas a nova existência sempre será mera imitação da anterior.

Nada disso se aplica às redes de restaurantes *fast-food*. Estes são iguais em qualquer parte do mundo, e algumas vezes nem notamos se a lanchonete em que comemos hoje é a mesma do ano passado.

Não é incomum ex-proprietários, cozinheiros, *maîtres*, *chefs*, garçons e *barmen* se reagruparem e assumirem a reabertura de um restaurante ou bar. Mas logo começam a notar diferenças, ainda que seja apenas o estilo das louças e dos talheres. Além disso, o tempo em que esses profissionais ficam separados modifica-os. Eles continuam sendo fisicamente os Josés e as Marias de antes, porém de alma e experiências diversas. Exemplos dessas mudanças são bem perceptíveis. Alguns garçons se casaram e tiveram filhos, outros se separaram. Agora trabalham sem concentração, com a cabeça nas crianças ou no novo amor; os cozinheiros e os *barmen* perderam a inspiração, e por aí vai.

Bares e restaurantes são como animais e plantas, eles têm vida própria. Quando esta termina não volta mais. O período de portas fechadas é semelhante ao do luto — uma sucessão de meses e anos para nos acostumarmos com o fim. Esses estabelecimentos são parecidos com as pessoas que amamos pela vida afora. Quando o amor por uma acaba é difícil ele se repetir com essa mesma pessoa. Salvo casos patológicos, é evidente.

Há outro aspecto que não pode ser desprezado. A verdadeira luz que iluminou um bar e um restaurante extintos foi aquela emanada dos clientes. Estes, felizes com a reabertura dos seus saudosos locais prediletos para comer e beber, costumam voltar para lá algumas vezes. Mas só algumas vezes.

Na primeira delas, com um arremedo do antigo cardápio na mão, sentem dificuldade para encontrar o petisco que outrora os fazia salivar de prazer. Na segunda vez, ainda entusiasmados pela novidade, olham para os lados e não veem o casal que costumava se beijar em determinada mesa. Na terceira vez que saem para beber e jantar decidem ir experimentar um bistrozinho verdadeiro, não um reencarnado simulacro.

E as recordações dos fregueses? Em uma daquelas mesas outrora um homem declarou seu amor a uma mulher, sob as vistas do garçom que — a não ser para anotar o pedido — sempre se finge de cego e surdo. Renascido o bar, a mesma mesa, o mesmo garçom e o mesmo casal podem estar lá. Mas o encanto não existe mais. O tempo da maturação do luto acabou com tudo. Um bar reaberto é como um palimpsesto sem originalidade nenhuma.

O passado é digno de respeito. Por isso, olhamos desconfiados para estabelecimentos reabertos após o fim de uma existência verdadeira, na qual seus espaços eram ocupados por gente que ia lá para comer, beber e, ocasionalmente, encontrar o marido ou a esposa em flagrante adultério.

Que coisa! Certos aspectos da mente humana são difíceis de entender. De tudo o que acabo de falar, pouco se aplica a bares e restaurantes já nascidos fictícios, principalmente aqueles criados pelo cinema e pela literatura. Destes, ilusórios, quando são abertos com ares de realidade todo mundo gosta, principalmente turistas. Talvez seja pelo fato de que uma das coisas buscadas pelas pessoas, quando vão a bares, é exatamente ilusão, daquela bem gostosa, vinda à cabeça após alguns drinques.

Um dos mais famosos bares de mentirinha, mas que existe

SOB NOVA DIREÇÃO

e está sempre lotado, é uma réplica do Rick's Cafe Americain. O turista que chega a Casablanca, no Marrocos, louco para tomar um "French 75", pode satisfazer seu desejo. O bar Rick's Cafe Casablanca é cópia perfeita daquele mostrado no filme *Casablanca*. Há até um pianista que, por uns dólares, sapeca *As time goes by*. Mas é bom tomar cuidado. Pelo menos o gim, base da receita do drinque, é verdadeiro. E com gim não se brinca.

De volta aos restaurantes reais, o Piantella de Brasília, após ter ido para as cucuias, reabriu tempos depois. Ora, é claro que novos ventos e novas tramoias varreram do local a marca das galhofas e escusos interesses protagonizados pela antiga e seleta clientela no original ninho de autoridades.

MEMENTO MORI

Um dia, leitor, você aí, fortão, boa conta bancária, uma discreta barriguinha, ainda na posse de muitos planos e ciente do fracasso de tantos outros, certamente levará um susto ao ouvir estranha voz brotar da sua cabeça. Atônito, você escutará um cumprimento e uma identificação ditos em tom quase zombeteiro: "Boa noite, não se assuste; sou eu, a sua velhice, chegando para ficar".

Saiba, meu caro, não ouvimos esse duro anúncio apenas uma única vez. Nada disso. A primeira delas é a que mais assusta, costuma até causar um ligeiro pânico; mas nosso instinto de conservação repele-a como se fosse uma bobagem, um mal-entendido, simples desdobramento de um estado depressivo, quem sabe causado por habitual esbórnia.

A conscientização do abalo trazido pela mensagem toma conta da nossa vida só depois de frustrantes repetições de experiências, outrora praticadas com desenvoltura. Eis algumas delas: jogar meio tempo de uma partida de futebol (a não ser no gol); permanecer de pé em museus além de 20 minutos; dar quase seguidamente mais de uma... volta na praça (as reticências só preocupam os homens), e por aí vai. Ao final de cada uma dessas malogradas tentativas, não dá outra, lá vem a cava voz novamente: "Boa noite, sou eu".

Muitos turrões fingem não ouvir essa voz, ou mesmo a escutam e postergam a necessária mudança no rumo da vida. Essas recalcitrantes figuras são facilmente distinguidas nas ruas, nos restaurantes, no metrô; enfim, onde haja muita gente. Ora é a excessivamente maquiada velhota de meias arrastão, microssaia e compridas unhas vermelhas; ora é o bronzeado senhor de calça preta apertada, camisa entreaberta com as mangas arregaçadas e a indefectível peruca retinta.

Mas não devemos nos iludir — um dia seremos vencidos pelo cansaço e sucumbiremos à cavernosa voz. Mas isso não será o fim do mundo. Daí em diante, na qualidade de respeitáveis senhores e senhoras, passaremos a fazer o que nos vem à cabeça, sem dar bola à censura de parentes, amigos e vizinhos. É a velha história: para quê, de antemão, amaldiçoar a estrada estreita e sinuosa sem saber se ela nos conduzirá ao paraíso ou ao inferno?

O caminhar por essa senda é experiência repleta de emoções. Uma delas é descobrir que viver a arqueada maturidade com dinheiro suficiente para comprar remédios, fraldões e outros produtos farmacêuticos é uma coisa; ficar na fila do SUS é outra. Isso aprendemos sem intermédio da rouca voz. Fazer um gordo pé-de-meia desde cedo, portanto, é medida assaz aconselhável. Atenção: quem usa o advérbio assaz denota já ter ouvido a misteriosa voz.

E de que fonte emana essa voz anunciadora de tão infausta mudança? Não sabemos. Apenas constatamos que a assunção do aviso trazido por ela é o marco separador da plenitude física da, vamos lá, inevitável madureza. Os anos cronológicos de vida, logo descobrimos, não passam de mero acúmulo de festas de aniversário. O peso da idade é outra coisa: não o singelo acúmulo de calendários despendurados das paredes, mas, sim, futuro arrastar de chinelas.

Respeitemos os afoitos, mas está enganado quem atribui o fim da fortaleza física à mera visão de alguns fios de cabelo brancos. Da mesma forma, o surgimento de pintas nas costas das mãos nada tem a ver com o adeus à juventude. Alguém lá se lembra de quando vimos essas pintas e fios de cabelo brancos pela primeira vez? Ora, se não conseguimos reter na memória a época do aparecimento dessas mudanças físicas, fica claro que elas não têm grandiosidade suficiente para marcar o fim de uma etapa da vida humana e o começo de outra, um pouco mais lenta e breve. Não nos iludamos, é a voz gutural que assinala sem piedade a passagem de um para outro ciclo da vida.

Um pequeno detalhe estava aqui dançando em minha cabeça, sem que eu conseguisse identificá-lo. Com acentuado esforço lembrei-me de ter falado sobre o uso de perucas, o ridículo disfarce da temida e quase sempre certa — porque herdada compulsoriamente — calvície precoce. Esse flagelo, com frequência, ocorre antes de ouvirmos a cava voz pela primeira vez. Mas, ao contrário da voz que nos transforma em respeitáveis madurões, a temporã queda de cabelos só nos enche de vergonha, desgosto e despesas com inúteis e caros cremes, loções e xampus.

Ufa! Todo esse palavreado me cansou. Aponto, agora sim, verdadeira filosofia: *Memento Mori*! A expressão latina significa "lembre-se de que você vai morrer". É lúgubre, sem dúvida, mas com isso em mente bem que poderíamos corrigir erros costumeiros e assumir uma nova vida, boa e prazerosa.

A COPIDESQUE

Para o redator-chefe do jornal da pequena cidade, durou pouco a alegria que envolveu o país após a seleção brasileira conquistar o tricampeonato mundial de futebol, em 1970. No dia seguinte à festa, ele não economizou palavrões ao demitir uma funcionária a quem era muito afeiçoado. Com raiva, ele acrescentava a palavra "ingrata" a cada impropério que dirigia à moça.

Ela ouviu tudo e não respondeu nada. Em seguida, calmamente, pegou suas coisas e foi embora dizendo não estar arrependida. Depois de sair do prédio do jornal, olhou para trás e riu o riso estranho que ostentava desde os dezoito anos, quando passou a notar mudanças em seu comportamento. Naquela época, ao ser diagnosticada psicótica por médicos de São Paulo, ela não revelou a ninguém a doença, nem mesmo à tia que praticamente a criara. Mas tal atitude foi em vão, porque entre duas pessoas que se conhecem bem não existe segredo — os olhos de uma leem a alma da outra.

Mal havia completado quinze anos, lembrava-se a garota, a tia arrumou-lhe emprego na contabilidade do jornal. Era uma menina esperta, de ajudante logo passou a escriturária. Algum tempo depois de — a muitas penas e tardiamente — a garota terminar o curso médio, o redator-chefe notou que ela levava jeito e conseguiu promovê-la a copidesque.

Ao sentar-se na importante cadeira, depois de puxá-la para frente e para trás, até achar a posição que mais lhe convinha, a moça abriu o sorriso louco, ergueu os punhos cerrados e começou a pensar. Primeiro, que era tão bom ter as mãos lisinhas, bem cuidadas, depois, no mais importante: havia chegado a hora de acertar as contas com certos aspectos do seu passado.

E seus pensamentos levaram-na de volta à infância. Naqueles tempos difíceis — e hoje continua a mesma coisa — só os filhos de ricos frequentavam o jardim de infância, antes de começarem o então chamado curso primário. A maioria das crianças permanecia em casa, e só depois de completar sete anos era matriculada na escola. Para os mais pobres, cujos pais trabalhavam fora, havia as creches da prefeitura, onde as crianças passavam o dia. Aos órfãos, como era a futura copidesque, restavam os sempre malvistos orfanatos.

Quando melhorou um pouco de vida, uma cabeleireira, tia da garota, adotou-a e a matriculou na escola pública da cidade.

Ela não guardava mágoa ou rancor do tempo vivido no orfanato. Para a menina, no mundo não existia mais nada além daquela enorme casa. Lá, a garota acordava cedo, brincava, comia e às vezes brigava com as colegas. Mas a menina não gostava dos domingos, porque nestes dias as freiras obrigavam as crianças a assistir à missa. A garota nunca entendeu por que não gostava de igrejas, sentimento esse que a acompanhou a vida inteira.

Raiva, ela começou a sentir na escola. Em uma tarde, na hora do lanche, com intuito provocativo, uma colega perguntou à garota se ela sentia falta do orfanato, "onde as meninas viviam de esmola", acrescentou.

A alfinetada atingiu em cheio a garota. Ela sabia que as internas do orfanato eram tidas como gente desprezível. Mas a garota não reagiu; amorteceu a humilhação e nada respondeu à ofensora, filha de rica cliente da sua tia. A garota voltou para casa, jantou, deu um beijo na tia e foi dormir.

Muitos anos depois da desfeita sofrida, a moça encontrava-se sozinha na redação do jornal na noite que se seguiu à vitória do Brasil sobre a Itália. O repórter policial, sempre apressado, entregou à copidesque as anotações sobre o que presenciara na delegacia de polícia logo após o final da Copa.

Era de vergonhoso e escancarado elitismo a ideologia do jornal: nenhum cuidado com a honra e a dignidade dos pobres; mas, para gente importante, escândalos sociais só eram publicados em último caso, escondia-se tudo que estivesse abaixo de homicídio.

A garota preparou texto baseado nas anotações que recebera do repórter; falsificou o OK do redator-chefe e chamou o encarregado da gráfica. Quando este se aproximou, a moça sorriu para ele e entregou-lhe a reportagem pronta para ser impressa. O homem retribuiu o sorriso, deu uma piscadela e sem se preocupar com o teor da matéria passou-a aos gráficos.

"Marido quase mata a mulher de pancada. Após o jogo, ele encontrou a mulher com o amante na cama do casal." Foi esta a principal manchete do jornal entregue de manhãzinha aos assinantes e à banca do centro da cidade.

A garota foi cruel. Ela não omitiu nada na matéria; citou nome, endereço e até apelidos da mulher, do marido e do amante. Não é difícil imaginar quem era a adúltera envolvida no escândalo.

O BONA

Hoje de manhã animei-me e resolvi espanar minhas estantes de livros. Aproveitei a ideia para também dar um jeito nas gavetas dos armários do escritório, estas sim, mais do que as estantes, merecedoras de limpeza e arrumação. Nódoas de pó insinuavam-se sobre grandes envelopes bege, contendo fotos, recortes de jornais e revistas, cartas, convites e ingressos de marcantes espetáculos de teatro e cinema (o *ticket* do *Falso Brilhante* da Elis estava lá), essas coisas.

Ao manusear os envelopes, observei que alguns acompanham-me há décadas. Com atenção, calmamente, examinei os velhos papéis e o que descubro no meio deles? O *Bona*. Que ingrato e desmemoriado eu sou. Desde os tempos de adolescência possuo o famoso método de divisão musical e não me lembrava mais disso. Para quem não o conhece, o *Bona* era (ainda deve ser) o bê-á-bá, a cartilha das pessoas interessadas em aprender música por música, ou seja, saber interpretar e reproduzir em um instrumento musical, ou com a voz, os sons e os silêncios que as notas e outros sinais representam no pentagrama.

O estudo do *Bona*, admito, não me entusiasmou. Mas guardei o livrinho e só agora, muito tempo depois, o encontro dentro de um envelope empoeirado.

Lembro-me do tempo em que comecei a estudá-lo por influência paterna. Duas vezes por semana, desajeitado, arriscava enfadonhos solfejos entoando o nome das notas musicais. Diante do meu arremedo de vocalise, o sisudo professor, de bigodinho fino, suspensórios e brilhantina nos cabelos pretos, deixava transparecer, pelo menear horizontal da cabeça, a certeza que o imbuía do meu previsível fracasso como músico de formação clássica.

O professor, com seus gestuais prognósticos, não podia estar indeciso sobre o meu talento. A despeito da minha diminuta argúcia na época, eu sabia que o tarimbado mestre seria incapaz de titubear na avaliação dos pendores musicais de um aluno.

Por isso, hoje confesso: o professor estava corretíssimo quanto à avaliação da minha intolerância ao pentagrama.

Os solfejos baseados no *Bona* definitivamente não me conquistavam. O professor, que há muitos anos toca lira no céu, estava certo, reafirmo sem me envergonhar. Mas nem por isso deixei de lado violões e guitarras elétricas. Aprendi a tocá-los de "ouvido", como se diz, embora reconheça minha sofrível condição de instrumentista de nível medíocre para baixo.

Paciência, afazeres outros, aí incluídos escola e trabalho, afastaram-me do compromisso mais sério com a música. Hoje, depois de umas cervejas, quase escondido em um canto da sala, de vez em quando tiro o violão do estojo. Olho para os lados, certifico-me de que estou sozinho e sapeco uma sequência de ré para acompanhar baladas americanas, dentre elas *Blue Moon*. Às vezes, também arrisco um samba-canção do Noel ou do Cartola.

Que sacolejo mental é atirar-se ao manuseio de velhos guardados, à recordação de antigas emoções. O tempo transforma alguns desses objetos e sentimentos. Ao nos depararmos com eles no presente, a sisudez do nosso semblante se agrava porque incontinente surge a óbvia pergunta: onde eu estava com a cabeça? Nesta categoria entram fotos em que aparecemos abraçados a então promissores colegas de faculdade, depois revelados políticos sacripantas; livros de autoajuda, com dedicatória, versando sobre mil formas de fazer fortuna e outras bobagens.

Em sentido oposto, às vezes um sorrisinho aparece em nossos lábios e quebra a circunspecção com a qual nos empenhamos na faina de limpar e organizar estantes e gavetas. Isso aconteceu nesta manhã ao deparar-me com uma flor ressecada dentro de um livro. Posta para trabalhar a memória, surgiu linda, perfumada, a doadora do singelo guardado: a garotinha de cabelos compridos que, em um final de aula, entregou-me a flor, virou-se de repente e começou a correr. Estúpido que fui. Deveria ter corrido atrás dela. No passado apenas sorri da ousadia da garota, mas hoje, se soubesse seu endereço, mandaria para ela uma pétala da ressecada flor com um recado no cartãozinho: "Lembra-se de mim? Demorou, mas esta pétala e o restante da flor que você me deu ensinaram-me a abrir os olhos".

Não derramarei lágrimas sobre as amareladas folhas do *Bona*. Mas não posso deixar de reconhecer um fato pouco lembrado: colégio e trabalho só impedem uma classe de pessoas de estudar música de ouvido ou no pentagrama. Quem pensou nos destituídos de perseverança acertou.

Não me olhem assim

Não há quem viva sem manias, embora poucos admitam tê-las. Algumas nos agarram para a vida toda; outras chegam devagarzinho, nos envergonham um pouco, desaparecem e às vezes até deixam saudades. Saliento que é tarefa de natureza imprecisa distinguir *a priori*, como dizem os juristas, manias duradouras das efêmeras. A razão é que a mesma esquisitice pode ser temporária para determinadas pessoas e vitalícia para outras.

Para explicar melhor, entrego-me em sacrifício e revelo algumas próprias experiências com o problema. Durante muitos anos sofri de onicofagia. Poupo o leitor de abrir o dicionário ou apelar ao Google como eu fiz: o palavrão significa vício de roer as unhas, dos dedos das mãos, evidentemente, pois quem rói as unhas dos pés não é maníaco, é louco, além de contorcionista.

Com o tempo, livrei-me dessa mania, que para mim revestiu-se de feitio temporário, mas adquiri outras, dentre elas uma espécie de compulsão para escrita correta. Esta sim me atacou de forma duradoura. Vou tentar esclarecer como a danada atua. Após escrever textos não urgentes, só os corrijo alguns dias depois. Aí, sim, com tesoura nos olhos, releio-os e reescrevo-os.

Sei que profissionais e amadores da escrita agem e devem agir dessa forma. Mas comigo a coisa parece uma doença. Evito a proximidade de palavras com o mesmo final tônico, porque isso me faz entrever uma rima indesejada, um eco desagradável no texto. Descuido-me, ocasionalmente, mas ao encontrar esses vocábulos juntos um do outro dou um jeito de substituí-los. Por exemplo, não admito que patamar ande ao lado de tomar, embora a primeira palavra seja um substantivo e a segunda, um verbo. Não sei se esse detalhe é bobagem ou não, mas admito que por causa dele, em prol da forma, vivo sacrificando o próprio conteúdo de textos, para sorte ou azar de possíveis leitores.

Cuidados excessivos com as palavras não enriqueceriam meu currículo caso pretendesse ser redator de jornais. A premência da notícia, do editorial, da crítica, enfim, do trabalho jornalístico, deve prevalecer sobre a forma de redigir os assuntos. Não teria sentido, pouco tempo antes do noticiário, o redator preocupar-se com essas filigranas da linguagem. O jornalista deve, isto sim, ser obrigado a ajoelhar-se num canto da sala como forma de penitência se escrever barbaridades como "Cuba lançar", "a boca dela", "confisca gado" e outros monstrengos cacófatos.

Deixo de lado essas excentricidades relacionadas à linguagem para falar de outra duradoura mania que me atormenta. E não pensem que com isso cometo o pecado de fragmentar assuntos em prejuízo da coesão do texto. Nada disso. Sofrer de uma ou várias manias faz parte do mesmo tema e tem um nome: TOC, o famoso transtorno obsessivo-compulsivo. Outrora, os portadores desse mal não sabiam que estavam ruins da cabeça e por isso deixavam a vida correr sem qualquer tratamento. Mal-humorados, maníacos, ranzinzas, rabugentos, os antigos e inocentes sofredores de TOC se acostumavam com esses sonoros xingamentos e até fingiam não ouvi-los.

Incomodar-me diante de pessoas fardadas é mais uma mania que me azucrina. Um grupo de pessoas uniformizadas, principalmente trajando fardas, lembra-me repressão, ordem em excesso e perda da liberdade. Adquiri essa mania no Exército. Que ano me roubaram da vida! Não sinto nem um pingo de saudade daqueles sargentões que tratavam os soldados como se estes fossem seres rastejantes e imbecis. Se ainda hoje as Forças Armadas agem dessa maneira, já passou da hora de mudar.

O desconforto maior causado por essa mania é o fato de ela ter matado o encanto que sentira, alguns anos antes do obrigatório serviço militar, quando, vestido com um uniforme cáqui, tive a primeira aula no Instituto de Educação, digo, IEBA de Araraquara, onde, lá sim, ensinaram-me a aprender.

Emocionar-me diante do sofrimento humano é mais uma das minhas manias. Para mim não é fácil visitar uma clínica oncológica e ver os pacientes chegando. Eles se abraçam, conversam com desprendimento e entram nos cubículos onde recebem o líquido que, dias depois, lhes arderá no corpo e lhes arrancará os cabelos. Também jamais me esquecerei de ter notado, boquiaberto, em uma festa de Ano Novo, que a melhor dançarina da noite era uma velhota visivelmente coxa.

Um psiquiatra, felizmente, vem tentando consertar-me. Ele observou que minhas manias não causavam mal a outras pessoas e nem me impediam de tocar a vida. Mas o médico me deixou preocupado quando me disse que logo iria começar a tratar-me do inclassificável vício de descobrir manias. E, por favor, se me encontrarem na rua, cuidado com o jeito que vão me olhar.

ALÍVIO

Eram quase sete da noite quando o pai e a filha desceram do ônibus na Praça da República. Sentados no chão e falando alto, moradores de rua bebiam cachaça em torno de uma fogueirinha, cujo calor também era partilhado com alguns cachorros adormecidos.

A praça, uma das mais tradicionais de São Paulo, no passado foi local de alegres passeios e de manifestações culturais e políticas. Hoje não é mais. Salvo pela feira de artes que lá acontece aos domingos, ela é nostálgica, suja, malcuidada e insegura. Não é por acaso, portanto, que as pessoas preferem contorná-la a arriscar atravessá-la.

Já era dia quando a moça retornou à praça e algum tempo depois pegou o ônibus de volta para casa. Ela estava sozinha porque o pai ficara internado na enfermaria de um hospital.

Sentada em um banco traseiro do ônibus, a garota olhava fixamente para a pequena ponte convexa que há sobre o lago da praça. Talvez a moça quisesse saber quem era mais triste, se ela ou a visão do lago, que refletia com pequenas ondulações da água o reverso da ponte arqueada.

A tristeza que emanava da ponte, do lago e de toda a praça tinha origem em décadas de desgovernos sobre a cidade. A tristeza da moça era mais recente — nascera quando ela se viu forçada a ser provedora da casa. O irmão estava preso; o pai doente só lhe dava trabalho e desgosto, e nunca, nunca sorria, só resmungava. Não, não era apenas tristeza que turvava a vida da moça. Era uma mistura de revolta, melancolia e impotência.

Não era desconhecido da moça o fato de que ela desperdiçava a juventude cuidando do pai, a quem no fundo ela odiava. A raiva que ela sentia aumentava nos finais de semana e feriados. Nestas ocasiões, ela se via obrigada a ficar em casa lavando roupas, cozinhando e recebendo a visita de parentes e vizinhos egoístas e mexeriqueiros.

"Se ao menos morrendo ele me *deixava* alguma coisa de herança... Mas ele não tem nada, nada, só os defeitos de mão-de-vaca e sanguessuga. O que o filho da puta vai me deixar quando morrer é muito alívio, isso sim. Eu gostava do Carlinhos, o pai proibiu meu namoro com ele. Eu gostava do Pedrinho, o velho maldito implicava com ele. Só dívidas, o miserável, o desgraçado vai deixar pra mim".

Quanto mais se enchia de ira e revolta, à moça parecia que a saúde do velho piorava. Ela, além de trabalhar para manter a casa, cuidar dos serviços domésticos, levar o pai de ônibus ao hospital e fazer-lhe companhia, era obrigada a ouvir os palavrões que o homem lhe dirigia, como se ela fosse responsável pelo agravamento das doenças dele.

Em uma sexta-feira, tarde da noite, mais uma vez contornando a praça para ir ao hospital, o lencinho que ela usava para aparar os espirros caiu no chão. Um morador da praça que a observava abortou a golada de cachaça, correu para pegar o lencinho, olhou-o bem, cheirou-o lentamente e o devolveu à moça.

"*Good, very good smell*", ele disse. Ela apenas agradeceu com um leve sorriso e, sem entender o que o homem dissera, afastou-se apressada. Mas a gentileza e o olhar terno do mendigo ficaram-lhe na cabeça.

Na noite seguinte, mal havia descido do ônibus, ela deu de cara com o mesmo homem, que a esperava com uma rosa vermelha na mão. A flor estava murcha, a moça notou. Ela também não deixou de pensar que talvez o morador de rua tivesse catado a rosa em algum túmulo do Cemitério da Consolação.

Dessa vez ele se fez entender: "Você vai ao hospital, não vai? Vai, sim, eu sei. Ontem à noite eu segui você. Desculpe o atrevimento, mas posso acompanhá-la; posso ajudar você em alguma coisa?".

A moça não respondeu nem sim, nem não; mas ambos, conversando, caminharam juntos em direção ao hospital. Aliás, o morador de rua mais ouvia do que falava, porque a mulher, de repente, começou a falar muito.

O botequim da esquina do hospital estava vazio àquela hora. Eles sentaram-se nos banquinhos à frente do balcão de fórmica e continuaram a conversar. Com indisfarçável prazer o homem bebia cerveja e comia salaminho com limão espremido, enquanto a moça falava e gesticulava.

Após esvaziar algumas garrafas, ele se levantou e resoluto saiu do bar. Meia hora depois, a moça pediu um misto-quente. Ela nem tinha terminado de comer o sanduíche quando o homem voltou. Ele tomou mais uma cerveja e em seguida, calmamente, disse à moça ter sido mais difícil entrar no hospital sem ser notado do que arrancar os tubos do nariz e da boca do velho.

O PRIMEIRO TAPA

Brigas de casais são frequentes e corriqueiras, até o ponto em que um dos cônjuges puxa o revólver. Mas, como sabemos, os pais devem evitar refregas na frente dos filhos pequenos. A afirmação parece moralista, mas não é. Longe de mim assumir ares de conselheiro familiar. Quero apenas deixar claro que as crianças, por motivos óbvios, odeiam ver essas brigas. Elas sabem que tais altercações não têm nada a ver com os pastelões da TV.

Mesmo que a briga não passe de discussão, os filhos sentem o fervor do desentendimento conjugal. Ora, eles devem pensar, se assim não fosse, por que os olhos do pai estariam faiscantes e a voz da mãe tão alta e aguda? Nessas ocasiões, até o cachorro da casa ergue as orelhas e fica pronto para atacar ou, se for medroso, enfia-se ganindo, com o rabo no meio das pernas, embaixo da primeira cama que encontrar.

Abundam na TV, jornais e revistas teses que apontam os malefícios dessas brigas. Em geral, os estudos afirmam que frequentes contendas verbais, e principalmente físicas, protagonizadas pelos casais potencializam o risco de os filhos na adolescência desenvolverem grave insegurança emocional, propícia ao surgimento de doenças psicológicas.

A coisa piora se no meio do entrevero são incluídas questões que digam respeito ao próprio filho, como o questionamento sobre o que ele pode ou não fazer. No momento em que ouve seu nome, além de se sentir culpado pela briga dos pais, o filho fica desorientado; ele não sabe se deve obedecer ao pai ou à mãe, ou, o que é pior, a nenhum dos dois.

Essas brigas podem moldar a cabeça das crianças no sentido de que a vida adulta e conjugal é ruim. Os filhos, pensando dessa forma — que clarividência, meu Deus! —, eventualmente se recusam a assumir obrigações e permanecem sempre infantilizados. Se o mundo fosse sempre cor-de-rosa, nenhum mal haveria nisso; mas, depois de certo tempo de vida, começamos a perceber que é comum nuvens negras aparecerem no céu.

Não é fácil para uma criança ouvir a mãe humilhar o pai ou vice-versa. Para uma cabeça ainda em desenvolvimento, não resta outra saída senão concluir que ou a mãe ou o pai é um descontrolado babaca.

A questão, até aqui, foi colocada num patamar conservador. Os argumentos sustentam algumas razões que deveriam levar os pais a refletir cuidadosamente antes de brigar na frente dos filhos.

Digo que a abordagem é tradicional porque discorre sobre casais heterossexuais — um companheiro homem e uma companheira mulher, o arroz com feijão, o papai e mamãe. O assunto ganha mais interesse com a inclusão de brigas de casais homoafetivos, e como isto é entendido e assimilado pelos filhos pequenos.

Os estudiosos afirmam que o sofrimento dos filhos de briguentos casais gays não difere daquele suportado pelos filhos de casais heterossexuais chegados a frequentes escaramuças. Mas os pesquisadores acrescentam um detalhe cruel: os filhos de casais gays suportam também a futura dor causada pelo notório preconceito contra essas crianças. "Ihhhh, o Rodolfinho não tem pai; mas tem duas mães, tadinho".

E as brigas de casais na rua? Que baixaria... São um misto de comicidade e constrangimento. Assemelham-se ao embaraço que sentíamos ao fingir não ver cães, numa boa, engatados e felizes após o sexo (hoje em dia no centro das grandes cidades não se vê mais isso). É algo parecido também ao falso descaso que dispensamos a uma briguinha de casal em um bar. Qual o quê! Nessas horas temos até vontade de enfiar a cabeça embaixo da mesa e gritar "Pega!".

Para quem deseja marcar a presença para construir um álibi ou tornar notória a desavença entre o casal, refregas em restaurantes são um prato cheio, sem trocadilho. O que não faltará no futuro processo judicial é o testemunho de garçons e comensais. Por isso, o truque é muito usado em literatura, no cinema e em novelas. Num ambiente lotado, não há quem não preste atenção em uma gestual e ruidosa briga. O espetáculo não escapa nem aos deficientes auditivos e visuais.

Mesmo em uma discussão sussurrada, é difícil ver alguém que não esteja atento à rusga. Algumas vezes, as públicas brigas de casais não chegam às vias de fatos, isto é, à distribuição de tabefes, limitando-se a "discutir a relação". A coisa endurece mesmo quando é gritada repetidamente a expressão "O Juninho fica comigo, canalha". Nesses casos não dá outra, a plateia já sabe: é só esperar que o primeiro tapa não custa a estalar.

LIBERDADE

A luz do sol envolve de lado a lado a janela envidraçada do escritório doméstico. Amortecida pelas persianas, a claridade transmite ao ambiente um calorzinho confortável, relaxante.

Distraio-me organizando pacientemente recortes de jornais, fotografias, muitas caixinhas de fósforos com propaganda de bares, hotéis, essas coisas que acumulamos sem saber ao certo por qual motivo. O tempo se encarrega de dizer se elas foram úteis ou apenas ocuparam espaço nas gavetas e armários.

Por falar em ambiente, conforto e calor, vieram-me à cabeça imagens dos coitados que vivem embaixo dos viadutos, principalmente nas grandes cidades. Os sem-teto, mesmo com tanta adversidade que a vida lhes impõe, sempre dão um jeito de arrumar um rádio de pilhas, jornais, revistas, uma fogueirinha e — o mais importante — cachaça para enfrentar as noites. Eles não se incomodam com o ce-cê que a falta de banho faz exalar dos seus corpos. Há atividades bem mais sérias e proveitosas para eles, como esvaziar garrafas da branquinha, bater papo com os amigos de infortúnio e acariciar os cachorros desmilinguidos que os acompanham.

Um dia desses, pedalando na ciclovia embaixo do mal-afamado Minhocão, ouvi um mendigo dizer para outro, referindo-se à vida na cadeia: "Compadre, aqui é melhor do que ficar em cana".

O moço tinha lá seus motivos para fazer essa afirmação. Embaixo dos viadutos homens e mulheres vivem juntos e não há horário para nada. A comida é boa ou ruim, dependendo do grau de esforço com que o rango é procurado. As sobras de um cinco estrelas tendem a ser melhores do que as de um *fast-food*. Fiz questão de dizer "tendem" porque não raro os restos de comida de um pé-sujo são bem mais apetitosos. Com essa nova mania de juntar um pedacinho de alguma coisa com um pedacinho de alguma outra coisa, e rodeá-los com uma espuminha colorida, então, os restaurantes estrelados correm o risco de se livrar dos pedintes que batem às suas portas sem precisar expulsá-los.

As cidades contemporâneas possuem abrigos públicos. Mas não constitui mistério o que leva os necessitados a preferirem as ruas a um abrigo oficial. As razões variam de rígidas regras dos albergues ao tratamento cruel dos funcionários. As pessoas, livres para uma cachaça, um cigarro e outros afagos mais fortes, vão lá aceitar ordens e ofensas das quais podem se livrar?

Resguardados possíveis exageros, vejam o que disse sobre abrigo público uma anônima moradora de rua ao ser entrevistada por um repórter: "Não gosto de dormir em abrigo, é tudo muito certinho, parece um quartel. E tem outra coisa: aquelas camas juntinhas, isso me incomoda. Não gosto de dormir com gente estranha do meu lado, a gente nunca sabe o que se passa na cabeça dos outros. Teve um dia que uma mulher bêbada quis fazer sexo oral comigo. Numa outra vez uma assistente social perguntou se eu topava vender um rim pra transplante. Tô fora, como é que vou tomar banho com gente desconhecida perto de mim? E tem a Bonitinha, minha cachorra. Eles não aceitam bichos lá. Teve um abrigo que aceitou, mas ficava perto da cracolândia. Eu não quero voltar pra lá de jeito nenhum".

Há outro aspecto que os sem-teto levam em consideração quando decidem morar nas ruas. Parece mero detalhe, mas está longe disso: não podemos nos esquecer do fascínio que o alvorecer e o pôr do sol exercem sobre nós. Esse encantamento não desaparece dos sonhos dos presos nem dos mendigos. Mas há grande diferença entre as duas categorias: os sem-teto são livres para ver o nascente e o poente, os presidiários e os abrigados, não.

Estes últimos só conseguem ver o começo e o final dos dias se as janelas das suas celas e quartos permitirem. E mesmo assim, ou conseguem ver o raiar do dia ou o ocaso. Cubículo com vista para os quatro pontos cardeais nem mesmo por milagre se encontra. Com muita sorte, os apartados da sociedade usualmente são jogados em uma jaula que lhes permite apenas ver o sol nascer quadrado. Já os mendigos só não veem o alvorecer e o fim do dia se forem preguiçosos ou se não quiserem ver, pois em qualquer cidade não lhes faltam ruas que os levam aos parques e colinas.

Há pessoas que arriscam a vida cavando túneis para fugir da prisão; outras, também ousadas, não aceitam a humilhação dos abrigos públicos. E sempre há homens e mulheres — presos, mendigos ou livres — que fazem de tudo e mais alguma coisa para conseguir ou manter a liberdade.

Bate-estacas

Final de tarde de sexta-feira. Aqui em casa, de bermuda, descalço e sem camisa, aproveito o sossego para ler. *Noturnos* de Chopin complementam a paz do momento e, por algum mistério, parecem espargir floral perfume na sala.

A cena pode sugerir a alguns que estou de férias. Outros, quem sabe, pensarão que sou vagabundo, ou mais um dos milhões de desempregados existentes no Brasil nestes tempos sombrios. Mas ainda bem que não pertenço a nenhuma dessas classes. Sou aposentado, categoria que, se depender do governo, em breve desaparecerá.

Aliás, não sei se devo orgulhar-me ou envergonhar-me de um fato da minha vida, sobre o qual penso de vez em quando: nunca fui demitido de um emprego, nunca fui posto no olho da rua. Todas as vezes que mudei de trabalho foram por minha própria vontade.

A afirmação, dentre outros desdobramentos, pode gerar duas perguntas. Devo orgulhar-me porque sempre trabalhei direito ou envergonhar-me por sempre ter dito amém aos patrões? Respondo afirmativamente à primeira delas. Mas como não sei ao certo que conclusões tirar disso, além de estar dizendo a verdade, recobro a tranquilidade e continuo minha leitura.

Música boa, divagações, livros e jornais compunham minha paz. Este gostoso estado de ser, porém, de repente foi quebrado pelo desagradável barulho de um bate-estacas. O que fazer? Se ainda tivesse o estilingue e as bolinhas de gude da infância, não pensaria duas vezes: alvejaria o operador da máquina, que, além de causar poluição sonora, ainda contribuía para enfear a cidade com a construção de mais um edifício alto.

Refestelado no sofá, tinha eu lá motivo justo para ir até a obra, chamar o responsável pelos trabalhos e reclamar do ruído exagerado? Concluí que em parte motivo eu tinha — o incômodo causado pelo barulho. Mas isso não era suficiente para dar-me inteira razão.

Acalmei-me e consegui desligar a parte do cérebro responsável pela chegada do pum, pum, pum vindo da obra. Uma lembrança contribuiu para que eu alcançasse esse alívio. O barulho da máquina, sem dúvida, atazanava bem mais o trabalhador encarregado de manejá-la do que a mim.

Logo, logo o sol se pôs. O monstro barulhento, alto como o pescoço de uma girafa, com um enorme peso pendurado no topo, foi deixado inerte e quieto num canto do terreno enlameado.

Agora não era mais o estrondo da máquina que eu ouvia, mas, sim, a algazarra dos operários. De banho tomado, felizes eles bebiam cerveja atrás do alojamento construído na entrada da obra. O aparelho de som tocava canções chamadas sertanejas. Mas, a julgar pelas letras, na verdade são essencialmente urbanas, porque falam de boates, carrões, dessas coisas de cidade. O cheiro denotava que a carne do jantar estava sobre a churrasqueira.

Desta vez não me senti incomodado. Ao contrário, enchi-me de ternura por aqueles moços. A maioria deles veio de longe para trabalhar na construção civil. Deixaram em remotas cidades do país — e não raro do estrangeiro — mulheres, namoradas, mães, pais, filhos, irmãos e amigos, a quem poucas vezes visitam, por falta de tempo e, principalmente, dinheiro.

À noite, limpos da poeira e acalentados pela cerveja e pela música, diante do prato cheio de linguiça, picanha, arroz e feijão, os olhos deles cintilam quando pegam o celular e enviam e recebem mensagens. E viva a tecnologia! Ela permite aos operários, apesar da dureza do trabalho, pelo menos não se privarem da presença virtual das pessoas que lhes são queridas.

Mais uma gota de sentimentalismo e desço para desculparme por ter implicado com o operador do bate-estacas, ou para cumprimentá-lo e dizer-lhe para aproveitar bem a juventude. Depois dessa etapa da vida não é tão fácil desligar-se de suores diurnos e entregar-se inteiro a noturnas gargalhadas.

Abrigo da lua e das estrelas, a noite está longe de ser apenas as horas escuras que sucedem a claridade dos dias. Nada disso. Até hoje ninguém soube usar — até porque nunca foi preciso — a palavra, o adjetivo correto que servisse para embelezar ainda mais a grandeza da noite.

O edifício um dia ficará pronto. Algum tempo depois, as noites de sexta-feira irão embalar a farra e o churrasco dos mesmos operários da construção civil em outra rua, outro bairro. É provável que um vizinho da nova obra primeiro fique incomodado com o barulho do bate-estacas, mas depois... Bem, depois cai a noite e o coração do rabugento começa a amolecer.

CRIATIVIDADE

O *Dicionário Houaiss* traz inúmeras acepções para o verbo aparecer. Nas primeiras delas, o verbete cuida dos atos mais comuns — tornar-se visível, por exemplo — abrangidos pelo verbo. Na última das definições o léxico a retrata, de forma figurada, como a intenção de "fazer-se notar, chamar a atenção para si".

Inquestionável a perfeita lexicografia empregada pelo mestre. Cuida-se primeiro dos sentidos clássicos e conhecidos das palavras e, depois, parte-se para significados outros que a vida própria da língua vai ganhando com o tempo.

Coisa semelhante ocorre com o verbo causar. Hoje, ele deixou de exprimir apenas "ser causa ou motivo de alguma coisa". Em pouco tempo os dicionários trarão também o novo significado do verbo: "Aprontar, chamar a atenção, bagunçar", tudo em decorrência de processo análogo ao qual se submeteu o verbo aparecer.

O danado do verbo causar ganhou inclusive ares de intransitivo, ou seja, vale por si mesmo, não precisa de complementos. Quem ainda não ouviu por aí algo como "os caras de pau causaram"? Aliás, logo ninguém mais dirá fulano gosta de aparecer, mas, sim, fulano gosta de causar.

O que foi dito acima não tem nada a ver com neologismo. Este processo de formação de novas palavras, para ilustrar, ocorreu há algumas décadas, ao alçar-se à nobre categoria de verbo a palavra malufar, por meio de inusitada derivação inspirada por figura tida como pouco ciosa da honestidade.

Não podemos afirmar que o novel verbo pegou, como se diz. Mas aqui e ali o ouvimos algumas vezes. É desnecessário dizer, mas não custa nada fazê-lo: o leitor, por certo, conhece a fonte que abasteceu a assimilação entre o verbo roubar e aquele objeto do saboroso neologismo malufar.

Não quero me comprometer. Nunca dei bola à criação desse neologismo. Devo ter confiado no meu taco. Atenção, eu disse taco. Ele me aconselhava a esperar, porque outras pérolas seriam extraídas dos incontáveis mananciais de inspiração existentes no lodo fétido da bandidagem. Em nosso país abundam perspicazes neologistas aptos a dar conta do recado.

E não deu outra. Um belo dia percebemos que nossos olhos e ouvidos já haviam se acostumado a mais frescos e sonoros neologismos, hoje firmemente incorporados, se não aos dicionários clássicos, formais, pelo menos ao léxico popular. Sim, se Vossas Senhorias pensaram em mensalão e Lava Jato isso significa que a coisa pegou mesmo, veio para ficar.

O primeiro escândalo causou, segundo a nova acepção do verbo causar. Houve choros e ranger de dentes. Figurões da política foram, debaixo de vara, conduzidos na marra a um lugar onde eles veem o sol nascer quadrado. Alguns ainda permanecem nesse estado contemplativo. Os coitados nem sabem quando voltarão às ruas reeducados e cuidadosos com o erário.

Muito material léxico continua saindo do ventre da Lava Jato. Podemos até chamar esse parto ininterrupto de assombro, para usar substantivo fora da moda, da época em que Virgínia Lane causava com a marchinha de carnaval *Sassaricando*.

Estes últimos anos, em decorrência do mensalão, Lava Jato e outras safadezas, correm pródigos na criação de estranhas expressões e inusitados sinônimos, principalmente tendo como alvo o termo propina. Sintomático de novas falcatruas é o fato de os envolvidos no escândalo não terem se lembrado de que o cobiçado e ilegal tutu também atende pelo nome de jabaculê.

Tudo indica que o esquecimento foi intencional. Os protagonistas da grossa maracutaia não usaram o termo jabaculê porque ele já é dicionarizado. Ora, se o suborno, claro, era e deveria ficar amoitado, não havia mesmo razão em chamá-lo por um nome conhecido. Por esse motivo, os espertinhos *white-collar workers* decidiram usar gíria para designar propina, não um sinônimo qualquer, como espórtula, dentre as dezenas que os dicionários contemplam.

CRIATIVIDADE

Vale a pena dar asas à imaginação (notem que uso e abuso de lugares-comuns, chavões; eles fazem parte do tema) e tentar reconstituir o diálogo de uma reunião da quadrilha, digo, sessão de pagadores ou recebedores para a escolha dos apelidos que dariam ao bíblico suborno, à popular propina:

— O que Vossa Excelência sugere?

— Que tal molhar a mão ou, espere um pouco, aliviar, orvalhinho?

— *Data venia*, Excelência, esses são manjados. Já usamos mil vezes.

— Então pixuleco, que tal?

— Grande, Excelência. Fechado. Que criatividade!

Transmissores de dor

A incumbência, quando involuntária, algumas vezes pode traumatizar o encarregado do triste serviço que é transmitir notícia ruim. Ainda que os destinatários do comunicado não sejam parentes ou amigos do informante, este também não deixa de sofrer, inclusive porque soube da desdita antes daqueles. Se o encargo for um aviso de morte, então, o sufoco é tanto que não raro causa diarreia ou taquicardia no pobre núncio do acontecimento.

Em razão desse severo desconforto, técnicas foram desenvolvidas para amenizar as dores causadas pela aborrecida tarefa. Um banho morno, respiração profunda, permanência em locais escuros, tudo isso ajuda. Mas não confiem muito nesses métodos, porque nem sempre eles funcionam. De qualquer modo, a divulgação de notícia ruim será menos angustiante ao encarregado de fazê-la quando este já tiver superado o próprio choque inicial.

Praticar a forma de soltar a bomba também é importante. Em frente a um espelho, repita com calma: "Cara, não tá fácil contar. Sabe, ele envolveu-se em um atropelamento de carro". Dê um tempo e finja ouvir a inevitável e agoniada pergunta. Depois, simule firmeza, olhe nos olhos do interlocutor e responda com segurança: "Cara, é triste. O cachorro não aguentou. Morreu, coitado. Depois cê compra outro, pronto".

A esta altura, um detalhe deve ser esclarecido. A assertiva de que levar má notícia é trabalho difícil não se reveste de caráter incontroverso. Algumas pessoas não demonstram o peso da missão que lhes é entregue. Elas não suam, não tremem e nem gaguejam enquanto o relógio corre em direção ao temido momento de abrir a boca. Como sabemos, há gente que consegue rir da pior desgraça. Mas é bem provável que esse tipo de riso na verdade funcione como uma muleta, um disfarce do sofrimento. Isso reforça a tese de que levar notícia ruim é trabalho nada agradável.

Más notícias causam mudança súbita e negativa no presente e futuro das pessoas. Médicos e psicólogos sabem muito bem disso. Os primeiros amiúde veem-se obrigados a revolucionar a cabeça de pacientes e familiares, esclarecendo a estes a gravidade de uma doença, os prós e os contras de certas cirurgias etc. Os segundos, passado o baque inicial que a notícia causou a quem a recebeu, tentam consertar as emoções dos afetados ministrando a estes incontáveis e caríssimas sessões de terapia. É certo que, eventualmente, o tratamento não se alonga muito no tempo porque o doente vê concretizada a parte negativa do prognóstico médico e bate a caçoleta em poucos meses.

Profissionais da saúde evitam dizer "comunicação de más notícias". Eles costumam valer-se de mornos eufemismos como, por exemplo, "comunicação de situações críticas", assim entendidas aquelas com potencial de causar mudanças rudes, capazes de gerar danos à saúde e inclusive levar à morte.

Médicos sabem que as consequências da má notícia geralmente dividem-se em algumas fases: choque inicial, negativa, raiva, mudanças no rumo da vida, reconhecimento da perda e integração à nova realidade. Por esse motivo, os doutores passam por inevitável mal-estar quando revelam "situações críticas" aos doentes e familiares. A questão que mais aflige esses profissionais é descobrir qual o melhor jeito de contar a verdade: dizer tudo de uma vez, ou destilar a má notícia em pequenas doses quase indolores?

Creio ter sido claro ao enfatizar certa sutileza do assunto. Notem, no início eu disse que ninguém gosta de transmitir, involuntariamente, fatos desagradáveis. Agora, quando a notícia é levada de forma espontânea, voluntária, a coisa é diferente, chega a ganhar ares de fofoca.

Em casuais encontros, principalmente em bares, é comum alguém, denotando ansiedade, pigarrear, olhar para os lados e depois disparar a pergunta: "Já souberam?". Em seguida, num gestual pausado e didático, o linguarudo respira fundo e revela a morte de algum conhecido, com a fala quase sempre intercalada com a expressão "vai fazer uma falta...".

Voltemos para a primeira década do século 20. Em uma tarde, desconhecido jovem entrou no quarto de um moribundo. O moço ajoelhou-se, beijou a mão do agonizante e foi embora calado. Descobriu-se depois que o visitante era Astrojildo Pereira. O rapaz tinha ido prestar suas últimas homenagens a Machado de Assis. O relato foi escrito por Daniel Piza, no livro *Machado de Assis, Um gênio brasileiro* (pág. 39), referindo-se a matéria publicada por Euclides da Cunha, no *Jornal do Comércio* de 30.09.1908.

Algo me diz que foi difícil para Astrojildo, futuro crítico literário e fundador do Partidão, voltar para casa e noticiar a então iminente morte do seu ídolo e mestre.

As pernas da Lola Lola

Causar situações que não ocorreriam sem algum tipo de interesseira ajuda. Está aí uma atitude que poucos podem afirmar nunca ter assumido. Às vezes, o inspirado criador do fato chega até a ensaiá-lo na cabeça para dar coloridos de espontaneidade ao buscado acontecimento.

Essa habilidade para engendrar circunstâncias forjadas nos acompanha desde criança. Isso nos deixa com uma dúvida: seria inata ao ser humano a inclinação para conceber artimanhas?

Os fins pretendidos por tais "coincidências" são variados. O mais comum, porém, é aquela eterna e salutar busca de relacionamento afetivo, para usar expressão bem comportada. A ressalva é válida inclusive para crianças, porque estas também, embora com propósitos mais nobres do que os dos adultos, são hábeis criadoras de situações artificiais tendentes a conseguir mais um amiguinho ou amiguinha.

Arranjadores desses forçados acontecimentos, quase sempre não imbuídos de má-fé, eventualmente desrespeitam os limites da ética e da moral. Que fique longe de mim o puritanismo, mas imaginemos um professor apaixonado por uma estudiosa aluna. Ao corrigir a prova da moça, o espertinho dá-lhe imerecida nota baixa. Diante da esperada reclamação da aluna, o professor propõe-se a, junto com ela, revisar a prova depois de vespertina aula de sexta-feira, quando então os outros estudantes já tiverem ido embora. A imerecida nota baixa foi a forma astuciosa que ele encontrou para ficar sozinho com a moça e tentar conquistá-la.

Diante desse exemplo, não se descarta a hipótese de a garota, igualmente ao mestre, ser uma criadora de situações. Ao perceber de cara o joguinho do professor, ela, que também sentia algo além de respeito por ele, sorri por dentro, esfrega as mãos e decide forjar um ardil: ao sair da sala de aula, depois da "revisão" da prova, de propósito deixa o celular sobre a mesa do professor.

Nem seria preciso continuar. O telefone toca, o mestre garante que em meia hora encontrará a garota para devolver-lhe o aparelho. "Sim, posso ir até o seu apartamento. Ah, está sozinha? Sei, sei, seus pais foram viajar."

Não é a regra, mas há professores que têm sorte na vida. De jeito nenhum essa exceção aplica-se ao ficcional professor alemão Immanuel Rath, protagonista do clássico filme *O Anjo Azul*. O filme, dentre outras maravilhas, mostra de forma tragicômica o uso de subterfúgios com o objetivo de aproximar-se da pessoa querida.

O filme é baseado no romance *Professor Unrat*, escrito por Heinrich Mann, irmão de Thomas Mann. Na parte inicial, o professor Rath, notório moralista, com o propósito de repreender seus alunos adolescentes, segue-os até a boate Anjo Azul, localizada numa cidade alemã ambientada à época da República de Weimar. No inferninho, Lola Lola, interpretada por Marlene Dietrich, canta *Falling in Love again*. A propósito, o talento mostrado por Marlene Dietrich nesse filme lançou-a para o estrelato.

Quem nunca comeu melado, quando come se lambuza, diz o ditado. Adaptando o adágio para o caso, o severo professor Rath acaba se apaixonando pela sensual cantora. O turrão nunca tinha visto uma mulher como aquela, e quando viu babou, lambuzou-se. Atarantado, valia-se da desculpa de vigiar os alunos para ir à boate. Mas o propósito do homem não era bem cuidar dos jovens estudantes, e sim encontrar a vedete, salivar mais um pouco.

Eles se casaram. Mas, como tudo indicava, o casamento não deu certo e causou a ruína do professor, para dizer o mínimo e não estragar o prazer de quem ainda não viu o filme. A direção é de Josef Von Sternberg, que trabalhou com Marlene Dietrich em mais seis filmes.

Como em tudo na vida, sem um pouco de experiência e talento não se atinge qualquer objetivo. É crível que o primeiro professor há tempo estudava o jeito da garota e sabia um pouco da vida dela, detalhes que o levaram a jogar a isca com êxito. O segundo professor, tadinho, vítima de sua própria severidade e caretice, quando viu as pernas da Lola Lola não estava preparado para tanta emoção e transformou a própria baba no veneno que o enfeitiçou.

Agora, cá entre nós, bambas em imaginar estratagemas para ficar de bem com o povo são os legisladores, principalmente os constituintes. Não riam, mas a nossa constituição diz que todos são iguais perante a lei. Quando você, cidadão de parcas rendas, estiver sendo maltratado numa delegacia, não fale isso para a autoridade. Se o fizer, o primeiro pescoção virá mais rápido, e forte.

Espólio

Ele foi embora em um inusitado dia quente de julho. Deve ter levado boas recordações deste mundo, que seu otimismo soube desfrutar muito bem. Em seu velório, só alguns parentes distantes insinuaram um semblante de choro. Estas pessoas não o conheciam em detalhes, porque os mais íntimos não iriam contrariar a memória do morto, assumido inimigo da tristeza. Também não faltaram risos, na certa dados por muitos que se lembravam das histórias criadas ou vividas pelo falecido.

Até o inverno, em homenagem ao morto, ordenou o nascimento de um dia quentinho, sem nuvens, para que estas não maculassem o azul do céu. A estação do ano quis mostrar-se alegre e prendeu possíveis cúmulus. Impediu, assim, que fossem confundidos com ilusórias montanhas de neve ou fumaça branca. Nem mesmo tênues rastros de fumo foram vistos, porque não havia lúgubres velas em volta do caixão.

Na madrugada, fecharam a sala do velório, mas eu fiquei um pouco mais lá dentro. Aproximei-me do defunto e, com calma, notei pela milésima vez a mistura de fios pretos e brancos da cabeleira dele. Os longos cabelos levemente ondulados sempre lhe deram um relevo clássico à cabeça, em contraste com seu semblante humilde.

Senti arrepio quando toquei as mãos do falecido apoiadas sobre o peito, em atenção ao usual arranjo mortuário. Acho que no fundo eu queria contar-lhe o que nunca tive coragem de dizer antes: "Você sempre foi meu amigo".

Meu amigo. Com apenas a lembrança dessas duas palavras, pouco tempo após o enterro comecei a antever como seria o futuro sem o falecido. Pressenti que nada de tristeza haveria em decorrência da irremediável falta dele, só uma saudade calma daria as caras. Mas também notei que, no mesmo passo lento da chegada do porvir, os poucos bens de valor estimativo deixados pelo morto saíam da casa onde ele vivera para entrar em endereços outros.

A enxó foi a primeira ferramenta que bateu asas. Deus sabe quantas vigotas, quantos caibros e ripas o extinto havia desbastado com aquele rústico instrumento. E assim, vapt-vupt, sem mais nem menos, ao contrário de deixarem o objeto pendurado na parede da oficina, como homenagem ao morto, deram um jeito de aliviar a peça. Nem pensaram que na enxó talvez ainda existisse, ressecada pelo tempo, uma gota de sangue saída da mão do falecido por causa de um descuido profissional no manuseio da ferramenta. Ah, que falta de consideração com a memória do homem!

Acalmado o mal-estar decorrente desse desrespeito que fizeram com o extinto, notei também a falta do arco de pua. Insensíveis, não perdoaram nem essa ferramenta da qual ele tanto gostava. Esqueceram-se de que o morto se vangloriava de saber manusear um objeto de tão remota origem, "usada por São José e Hipócrates", como ele gostava de dizer. Nem seria preciso mencionar que, acompanhando o arco de pua, foi a caixa de verrumas alemãs, o xodó, o orgulho do falecido.

O pé de cabra felizmente se salvou. Mas quem se interessaria por um pé de cabra? Este instrumento é feio, pesado e pouco útil na vida doméstica. É provável que o tenham visto como uma simples peça alongada de ferro. Não se lembraram de que ele é uma alavanca, com a qual, e mais o auxílio de um ponto de apoio, Arquimedes afirmava ser possível levantar a Terra.

A furadeira elétrica também não entrou no esbulho. Ela está até hoje guardada em um armário. Esse objeto banal não tinha valor afetivo para o finado, homem pouco interessado em modernidades. Ele gostava das ferramentas tradicionais, como o serrote português, este, então, desaparecido antes de o corpo descer à sepultura.

A furadeira foi poupada porque era indiferente ao morto. Ela não se igualava às ferramentas de estimação, bem representativas da humildade e do desprendimento do falecido, sentimentos estes entendidos como retrógrados e que incomodavam as pessoas. Mas o estratagema foi em vão, se pensaram que com ele se livrariam do desconforto dando um fim às ferramentas do velho. O finado pregou uma peça póstuma em todo mundo porque seu sorriso nunca deixou de brilhar nos cômodos da casa.

Lembrei-me da primeira vez que ele me levou a uma pescaria. Sozinhos, de cara eu fui o primeiro a fisgar um lambari de rabo vermelho. Na hora senti-me um gigante. Mas o peixe soltou-se do anzol e voltou para o riacho. A decepção retirou do menino a espada de super-herói. O fracasso, porém, durou pouco, pois ao ver o lambarizinho desaparecer da corredeira bati palmas, comecei a rir e provoquei as contorcidas gargalhadas do meu pai.

MENARCA

Não sei se há pessoas – normais, é bom que se diga – capazes de sentir igual intensidade de emoção, no presente e em momentos futuros, ao se depararem com o mesmo estímulo de onde brotou no passado a emoção primeira. Minha profunda admiração a esses iluminados, caso eles existam, repito.

Não fomos dotados do poder de lembrança das emoções sentidas no interior do útero materno. Nem mesmo conseguimos lembrar aqueles momentos intensos que nos reservaram os primeiros minutos, horas e dias de vida fora da barriga da mãe.

Ainda bem que o dr. Sigmund, sem trocadilho, não se esqueceu de nos deixar muitas lições. Uma delas é o fato de estarmos expostos repetidamente a sentimentos tão dolorosos, que, por esse motivo, é difícil para nós suportá-los vivos em nossa cabeça. E como não conseguimos apagar da mente esses sentimentos malvados e as recordações a eles associadas, os expulsamos do plano consciente e os arquivamos no famoso e não bem conhecido inconsciente.

Em outras palavras, deduz-se, nossa porção consciente não passa de um amontoado de pequenas e frágeis emoções chinfrins, rasas e palatáveis como colheradas de água com açúcar. A parte inconsciente é outra coisa. Parece um cofre-forte; nela só guardamos emoções vigorosas, semelhantes, imagino, à primeira mamada no seio materno. Sim, porque, a não ser em casos sobrenaturais, ninguém se lembra da primeira vez que sugou o leite da mãe.

Há quase um empate no desdobramento dessas esquecidas emoções: se por um lado o severo inconsciente surrupia-nos a lembrança da primeira mamada, por outro, nos poupa da recordação de certos traumas, dentre os quais um bom exemplo são as agruras do parto, principalmente se este se deu a fórceps.

Somos assim e pronto. Quem lá gostaria de se lembrar do primeiro contato com o mundo fora do útero? Deus nos livre da apavorante angústia que carregaríamos vida afora se o horror do vagido (existe a palavra, podem conferir) não fosse deixado bem quieto nas profundezas do inconsciente.

Essas robustas emoções inaugurais, vamos chamá-las assim, só mesmo os recém-nascidos podem aguentá-las. Depois de algum tempo, com a paciência minguando, ninguém mais se lembra como elas foram sentidas, e as coisas se ajeitam. Ainda bem, porque do jeito escolhido pela natureza para nos dar as boas vindas ao mundo, no rol das emoções primeiras as negativas predominam — e muito — sobre as positivas, e contra isso não adianta chorar.

A mãe, cossofredora necessária das aflições vividas pelo filho ao nascer, um belo dia percebe que seu bebê de um ano e alguns meses arrisca balbuciar palavras inteligíveis. Neste momento, mãe e bebê sentem uma das mais gratificantes emoções humanas. Mas, se esse instante é inesquecível para a mãe, dele o filho será privado em poucos anos, e mais cheia e pesada ficará a gaveta do inconsciente do futuro adulto.

Aí eu vejo uma rasteira que o psiquismo nos dá: o marmanjo pode tornar-se um cantor ou orador famoso, mas não se lembra das suas primeiras palavras na vida. Está certo que — segundo dizem — em sonho, sob hipnose ou de drogas das boas, a memória inconsciente pode ser resgatada por alguns momentos. Mas isso é pouca coisa. Bom seria olhar o pôr do sol com um copo de uísque na mão e sentir de novo a alegria dos primeiros e inefáveis mamãs e papás. Fica a ressalva: recorrer a gravadores de som não tem a mesma graça.

Situação delicada ocorre com as meninas. Aí pelos onze, doze anos, elas têm a primeira menstruação, cujo nome técnico — menarca — tem um quê ameaçador. Por mais que estejam informadas, o sentimento que as envolve nesse dia só pode ser uma mistura de medo e descontrole, não há dúvida.

É verdade que existe enorme diferença entre determinado

sentimento vivido por um bebê, e outro experimentado por uma jovem de mais ou menos doze anos de idade. Mas — creio estar sendo rude, porque se acredita que a menarca transforma a menina em moça —, não seria melhor para as mulheres se esse momento fosse também remetido às profundezas do inconsciente, sem possibilidade de trazê-lo à memória?

Não, pensando melhor, esse meu último questionamento é destituído de bom senso. A espera da primeira menstruação causa ansiedade e medo nas meninas. Mas o que lhes provoca raiva e pavor, sem possibilidade de arquivá-lo no inconsciente, é o jugo sob o qual as garotas ainda estão submetidas, por força de uma sociedade notoriamente machista e intolerante.

SUBLIMINAR

A aposentadoria trouxe mais liberdade ao casal. Em troca, porém, retirou-lhe parte considerável dos rendimentos. Por esse motivo, como o marido e a mulher faziam há alguns anos, outra vez, no carnaval, eles viajaram para São Paulo, onde passariam os feriados na casa do filho. Para ganhar um dinheiro extra, incumbiram o zelador de alugar o apartamento em que moravam. Os inquilinos, se quisessem, poderiam inclusive consumir a comida deixada no freezer. O zelador também ficou encarregado de ir ao apartamento limpar a gaiola do passarinho e alimentá-lo.

Os namorados estavam quase chegando ao litoral e ainda pensavam que haviam sido enganados. Também, o zelador exigira o aluguel adiantado, além de dizer no e-mail que o prédio ficava pertinho do mar. Mas ele não havia mentido, não. Da janela do apê avistava-se a praia a uns duzentos metros.

Os jovens deixaram as mochilas em um dos quartos. Depois se jogaram no enorme sofá da sala, onde comeram sanduíches e beberam cervejas. Mais tarde, foram para a cama e em pouco tempo pegaram no sono.

De repente, as luzes do quarto se acenderam. Assustados, eles viram uma anãzinha muito branca e corcunda apoiada na cômoda. Ela estava nua e seu corpo era transparente. Dentro da barriga da criatura, na parte mais baixa, havia um amontoado de cobras contorcendo-se. Algumas delas saíam parcialmente da vagina da anã, erguiam a cabeça e esticavam a língua para fora. As línguas pareciam um garfo de duas pontas, desses usados em churrasqueiras. Grudados em cada uma dessas pontas havia microbilhetes presos por montículos de gosma esverdeada e endurecida.

Os jovens, como que hipnotizados, levantaram-se da cama e recolheram os minúsculos bilhetes. Os namorados perceberam que suas pernas e braços os guiavam como se esses membros tivessem vida própria. Quando o último dos bilhetes foi tirado das pontas das línguas, as cobras voltaram para dentro do corpo da anã e esta emitiu uma gargalhada assustadora.

Os namorados leram com facilidade os bilhetes, e começaram a cumprir o que eles determinavam. As instruções, na verdade, eram mandamentos, cuja forma de obediência estava disposta em ordem numérica.

No freezer da cozinha os jovens cumpriram a obrigação número um: confirmaram que havia carne de tartaruga congelada e, por isso, cada um dos namorados (os braços tinham vida própria, lembram-se?) pegou uma faca e decepou uma das orelhas do outro. Em seguida, a anã gritou: "Por que comer tartaruga"? Eles então notaram que a anã havia crescido um pouco e sua corcunda diminuíra de tamanho.

O mandamento número dois custou a cada um deles a orelha restante. A tarefa consistiu em confirmar que, preso na gaiola pendurada na área de serviço, havia um periquito. "Por que engaiolar periquitos"? — outro grito da anã, e mais alta e menos corcunda ela se tornou.

As pernas autônomas logo levaram os jovens para o outro quarto. Do interior do armário, as mãos incontroláveis pegaram uma pequena caixa, em cujo interior havia um par de sapatos de couro de jacaré. "Por que fabricar sapatos com couro de jacaré?" — este grito foi mais alto do que os outros. Depois, ploc, ploc, ploc, ploc. Suaves e graves ruídos soaram no piso de madeira. Os olhos dos namorados haviam caído da órbita. A anã já quase atingira a altura de uma pessoa comum e a corcunda dela mal era notada.

O nariz, eles perderam porque, pendurada na sala, havia uma foto de um peão montado em um touro corcoveando, sabidamente motivado pela dor. Desta vez o grito soou menos intenso: "Acham bonito maltratar animais?" Diante dos jovens não havia mais uma anã, mas, sim, uma mulher alta vestida de negro e sem qualquer resto de corcunda.

Dos sentidos, restavam aos moços o tato e o paladar. Aos humanos, comer serve mais à sobrevivência do que tatear. Pensando nisso, os jovens estenderam as mãos à mulher quando esta, empunhando uma espada, não gritou, apenas falou: "Não quero só a boca, quero a cabeça também".

Assustados, os jovens pularam da cama e se orientarem no escuro com o sentido que imaginavam ter-lhes sido poupado. Depois, acordados, eles não conseguiam entender por que tiveram pesadelo idêntico. O apartamento não era deles. Assim, nem em sonho podiam ser punidos por atitudes alheias.

Na volta para São Paulo, a garota disse para o namorado:

— Amor, se aparecer de novo um cachorro na estrada de jeito nenhum a gente atropela o pobre bicho de propósito. Na descida pro litoral nós matamos dois, cê lembra?

FORA DO *SCRIPT*

"Legal chegar a um hotelaço desses. Já curti pra caralho isso aqui. Desta vez vou arrebentar", assim pensava seu Pedrinho ao dirigir-se à recepção. Depois de horas de voo, lá estava ele às voltas com o *check in* enquanto de rabo de olho observava as pessoas no *lobby*. A recepcionista, de *tailleur* de linho cor de carne, entregou-lhe a ficha de hóspede. Como fizera no ano passado, ele fingiu não entender as perguntas do questionário. Mas o que ele queria mesmo era prolongar a conversa com a moça. Esta, calçando sapato de salto agulha (detalhe notado por ele quando esticou o corpo sobre o balcão para ver a bunda da mulher), esclareceu-lhe as pretensas dúvidas e com um sorriso passou-lhe a chave, que atualmente é um cartão magnético.

Alguns minutos depois, deitado de costas na enorme cama, ele ouviu discretas pancadinhas na porta. Antes de abri-la, seu Pedrinho já sabia que era o carregador com as malas. Ele deu uma gorjeta ao rapaz e aí, sim, teve a impressão de que aquele quarto sempre lhe pertencera.

Após o banho e uma soneca, o homem saiu para desfrutar uma das melhores coisas dos hotéis, como ele julgava: o bar. Para ele, não existia espaço mais relaxante do que bares de hotel. Nestes, tudo é melhor do que nos bares comuns, ele costumava dizer. O salão parecia-lhe carregado de mistérios; as mesas e poltronas eram testemunhas de juras de amor e traições, de complôs internacionais, planos de roubos e miríades de graves emoções. A qualquer momento, ele imaginava, uma linda mulher, trajando vestido com longas fendas laterais, pediria licença, sentaria à mesa onde ele estava e tórrida aventura amorosa teria início ali mesmo, entre beijos, frases curtas e cálidas; taças, garrafas, balde de gelo; olhares profundos e, agora, que pena, sem charutos e cigarros com piteira.

Passado esse devaneio, seu Pedrinho se lembrou de que muitos filmes são pródigos em cenas de bares de hotéis. "As aventuras do James Bond são boas nisso", ele pensou. "Mas tem uma puta cena de bar de hotel que não me sai da cabeça. É aquela com Jack Nicholson no papel de um escritor louco, também chamado Jack, no filme de Kubrick *O Iluminado*. O doidão imagina conversar com o *barman* Lloyd, no balcão de um bar do cacete, onde bebe uísque pra caralho, enquanto no salão a gente vê as mesas cheias de pessoas elegantes, de terno e vestido longo. Filmaço".

Nos bares do dia a dia seu Pedrinho se contentava com uma cervejinha. Mas nos bares de hotel, não. Nestes, bebia drinques bem elaborados, como fazia agora, desejando que a imaginária e linda mulher aparecesse logo. Para conformar-se com a vã espera, o homem agarrava-se a suaves recordações. Lembrava-se, por exemplo, da gata amarela, manchada de preto, que ele ganhara quando criança. Voltava-lhe a curiosidade do passado ao ver um velho tocar violino no final das tardes, indo de uma esquina a outra da calçada da rua onde seu Pedrinho morava. Ele imaginava até ouvir seu pai, falante e gestual depois de uns copos de vinho, discorrer a respeito das propriedades nutritivas e medicinais do tutano do ossobuco.

Já meio alto, o sonhador pediu mais um drinque e cismou que na mesa ao lado falavam sobre ele, só porque as pessoas sussurravam. "Ora", ele pensou, "se sou alvo da conversa, isto significa que estou sendo visto como uma pessoa importante, talvez um raro político latino-americano honesto".

Nisto, observou que o garçom, ao se aproximar da mesa com o drinque, olhou fixamente para a escada entre a recepção do hotel e o bar. Seu Pedrinho estufou o peito. "É ela, só pode ser ela vindo ao meu encontro. Ao descer de um degrau a outro, as fendas do vestido da moça abriram-se demais, além do que ela pretendia. Garçons devem ser discretos, fingir que não veem", ele pensou e quase falou alto. "Onde já se viu olhar para ela desse jeito? Mais tarde vou denunciá-lo ao gerente. Não agora, a moça pode pensar que senti ciúmes ao vê-la sendo alvo dos gulosos olhares do atrevido garçom".

Mas o garçom passou reto. Ele não se dirigia à mesa de seu Pedrinho, mas, sim, aos fundos do bar, onde serviu um Bloody Mary adivinhem a quem. Sim, a uma mulher de vestido com fendas, como seu Pedrinho imaginara.

Seu Pedrinho levantou-se disposto a exigir da moça obediência ao *script* que ele havia criado. Mas, na verdade, de madrugada, ele se levantou do chão e surpreendeu-se ao ver o bar vazio, a não ser pelo garçom que enxugava copos. Sem encarar seu Pedrinho, o garçom lhe disse: "O senhor caiu da cadeira depois de sete martínis. Mas ninguém viu o tombo, e o senhor não se machucou. Por isso, deixei o senhor aí embaixo da mesa, no mesmo lugar que o senhor dormiu no ano passado".

O caminho de pedregulho

O largo caminho de acesso à sede da fazenda era recoberto por seixos amarelados que brilhavam em dias de sol. A porteira estava sempre trancada e, num mourão que lhe servia de batente, havia um interfone pelo qual quem vinha de fora se identificava. Caso houvesse autorização para entrada, a abertura da porteira era feita por um motor, acionado por alguém de dentro da casa-grande. Transposta a cancela, a tarefa de anunciar a aproximação das pessoas não era só trabalho dos cachorros. O ranger causado pela força das pisadas sobre o pedregulho também se prestava àquela função.

Desde menina, a filha dos fazendeiros havia se acostumado com esses detalhes. Mas, desconfiada, ela sempre acreditou mais no desempenho dos cachorros. A garotinha sabia que alguém poderia chegar pelos fundos do casarão ou, após rastejar por baixo da cerca de arame farpado, pisar mansamente no pedregulho, evitando que este rangesse. A qualquer uma dessas hipóteses, porém, os cães estariam alertas.

Os avós morreram antes de a garota nascer. Ela também não conheceu os tios e tias. Sempre viveu com os pais e os empregados. Sentia-se segura assim. Os pensamentos sobre a possibilidade de pessoas desconhecidas entrarem sorrateiramente na propriedade não passavam de fantasias. A garota tinha consciência disso, porque sempre foi dada a devaneios.

Ao contrário da rotina, em um dia frio de julho a porteira foi mantida destravada e aberta. Com aspecto tristonho, inúmeras pessoas chegavam à fazenda — o pai da garota havia morrido de repente. Ela, então uma jovem de vinte e poucos anos, ainda se sentia protegida na companhia da mãe. Mas esta também se foi, e novamente a cancela permaneceu aberta o dia inteiro.

A partir daí, a moça foi tomada de tal forma pelo medo da aproximação de estranhos que sua vida encheu-se de inquietude. A TV, com suas desgraças diárias, contribuiu muito para esse estado de espírito, não há dúvida.

A moça sentiu-se melhor após algum tempo de terapia. Ela arrendou a fazenda para plantio de cana, indenizou os empregados e permaneceu morando no casarão na companhia dos seus cachorros.

De vez em quando ela se lembrava dos tempos de colégio e faculdade, de antigos namorados, de emoções esmaecidas. Poucas vezes ela havia pensado em casamento, embora percebesse a aflição que a mãe sempre tivera a esse respeito. E agora, com quarenta anos, não iria se preocupar com uma vida conjugal. A velhice futura não a assustava. Livros, discos, filmes, TV e internet seriam sua companhia, o importante era manter a saúde, ela pensava.

O silêncio e a paz são bons companheiros. Eles nos instigam a fazer questionamentos e procurar respostas. Nos longos momentos de reflexão, a mulher não deixava de pensar nos ex-namorados. Ela se questionava por que rompera com eles, todos ricos, jovens, bonitos, filhos de fazendeiros como ela.

Uma noite, enquanto bebia vinho e mudava de um *site* para outro da internet, o som repetindo inúmeras vezes *I'll Follow the Sun*, dos Beatles, a mulher, num pulo, levantou-se do sofá porque ouviu o ladrar dos cães. Mas logo se acalmou. Ninguém entrara na fazenda, por certo algum animal havia assustado os cachorros.

E quem disse que ela conseguiu dormir? Não, ela voltou para a sala e bebeu mais um copo de vinho. Alguns copos depois, telefonou para um garoto de programa que encontrara em um *site* de relacionamentos e pagou para ver.

Não demorou mais do que meia hora para os cães começarem a ladrar. Na noite seguinte, os cães latiram um pouco menos, e na terceira noite, acostumados com a visita, contentaram-se em apenas abanar o rabo.

Solteira e rica, sem parentes a quem dar satisfações, a mulher, embora desmotivada, aprovou a sugestão do michê e ambos embarcaram num cruzeiro para Miami. Foi difícil para ela separar-se dos cães; mas não se descuidou deles — contratou uma pessoa para alimentá-los e fazer-lhes companhia.

Estranhas manchas apareceram no corpo da mulher durante a viagem. O médico do navio disse-lhe que as erupções foram provocadas por alergia.

De volta, sozinha de novo, ela finalmente começou a entender por que fracassaram seus antigos namoros.

Os cães latiam como loucos enquanto a garota de programa que a fazendeira chamara pisava, assustada, o caminho de pedregulho. Na noite seguinte, quando a mesma moça repetia o trajeto, os cães não latiram tanto.

Da terceira noite em diante, os cachorros até lambiam as pernas da conhecida moça ao vê-la agarrada à rica herdeira.

DEGRAUS

Quando não temos as coisas miúdas no momento
em que as sonhamos,
e passado já aquele gosto efêmero de acariciar
o contorno delas,
pouco importa se depois um anjo as deixar no primeiro degrau
da escada que nos leva do quarto lá em cima à sala atapetada,
ou se o diabo, sorrindo, arrumar um jeito de pô-las
no último degrau
contado de quem desce no mesmo sentido,
do alto para baixo.
Os desejos pequenos são fracos, abandonáveis,
como a vontade súbita e estúpida de ter tido outro nome,
outra cor de cabelo, outra marca de relógio.
Os grandes sonhos, não.
Estes, de tão necessários, temos que, em segundos,
vivê-los inteiros,
porque o alarme, submisso, servil,
automático dispara sem dó.

Este livro foi composto nas fontes Trajan Pro e Cambria
e impresso em papel Pólen Bold 90 g pela Graphium,
em agosto de 2018.